那朵红玫瑰

NA DUO HONG MEIGUI

时代出版传媒股份有限公司
安徽文艺出版社

王长征，诗人、书法家。泰国朱拉隆功大学访问学者，中国东方文化研究会社会艺术委员会顾问，中国成人教育协会文化创意委员会专家组成员，中非共和国驻华大使馆特邀文化顾问，美国西肯塔基孔子学院特聘艺术家。迄今在《中国作家》《解放军文艺》《北京文学》《上海文学》等发表作品 400 余万字，出版诗文集 9 部，作品被译成英、法、俄、日、韩、泰等多个语种。

新生代作家小说精选大系

那朵红玫瑰

周大新题

王长征◎著

NA DUO HONG MEIGUI

时代出版传媒股份有限公司
安徽文艺出版社

图书在版编目（CIP）数据

那朵红玫瑰/王长征著.--合肥：安徽文艺出版社，2024.10
（新生代作家小说精选大系）
ISBN 978-7-5396-7918-1

Ⅰ．①那… Ⅱ．①王… Ⅲ．①中篇小说—小说集—中国—当代②短篇小说—小说集—中国—当代 Ⅳ．①I247.7

中国国家版本馆CIP数据核字(2024)第025811号

出 版 人：姚　巍
责任编辑：周　丽　　装帧设计：徐　睿

出版发行：安徽文艺出版社　www.awpub.com
地　　址：合肥市翡翠路1118号　邮政编码：230071
营 销 部：(0551)63533889
印　　制：合肥创新印务有限公司 (0551)64456946

开本：880×1230　1/32　印张：7.75　字数：180千字
版次：2024年10月第1版
印次：2024年10月第1次印刷
定价：66.00元

目录

一篇比较认真的"序"

崔波

我一直以为王长征是位才华横溢的青年诗人,因为我不断看到他的新诗在各级报刊上发表的消息,参加各种诗歌活动的行踪,更欣喜得到他诗歌不断获奖的捷报。有时候,我看到长征在某个讲坛上潇洒倜傥、挥斥方遒的身姿,真为他近年来在诗歌创作上平步青云的进步感到自豪。接到邀我为他写序的请求,并收到他发来《那朵红玫瑰》小说集中的十多篇作品,我颇感意外,抑或是惊愕,没想到长征还能诗情画意般地创作小说。诗歌往往天马行空,小说却要脚踏实地,这样虚实的转换,需要一定的功力。我的朋友中从诗歌转型小说的甚多,成功的不少,失败的也不少。长征的小说是成功,还是……不过,据说集子里的小说大都是他早期的作品,而且多在全国报刊上发表过。这起码说明,他的小说先于诗歌获得过成功。

我曾经为文学界不同年龄阶段的作者义务写序,回头数数已近百篇。每个作者发来的稿子最少也有十万字。写得好的文章,我基本都会认真拜读，但也有例外。我做过三十多年文学编辑、刊物总编，每天要翻阅不少稿件，经验是看第一页就可以断定能不能留用。过去稿件全是纸质的，有的作者在稿子里放上头发、烟灰，看到后我便为之一笑，随即对催问处理意见、在稿子里做“暗记”的作者回复：闻到鸡蛋都臭了，你还会剥开尝尝吗？

打开长征发来的数篇小说，扑面而来的是家乡的味道——蜿蜒穿城而过的沙河、五香牛肉、缸炉子烧饼、令人馋涎欲滴的麻糊、刚出锅的油条、酥脆花生米、穿透力很强的叫卖声，还有乡野间牛羊撒欢和收割机组成的现代化交响曲……我似乎和长征一同站在沙河岸边，听他用诗一般的语言叙述自己小说里的人物，还有那编织奇巧的故事……

闻到香味，那就打开品尝。

除了《父与子》《小江的官亲戚》《羊坟》《疯狂诵读》等小说之外，《城市深处的鱼》应属比较“另类”的作品。前述那些小说，多是写农村家庭之间纷杂的琐事，记忆中农家“落日荷锄归来，半岁鸡娘入窝”的生活场景，或是作者大学期间的生活记述，或是城乡年轻人的爱恨喜怒哀乐，写得朴实、真诚，有的人物让人过目不忘。如疯狂诵读英语者的悲惨，当然还有长征心目中伟岸且文采飞扬的父亲……尤其让我多落笔墨的当数《城市深处的鱼》。

《城市深处的鱼》这篇小说，我以为使用了批判现实主义手法。作者讲述了老满因为变态心理，生活怪异畸形，要求身强力壮的阿力对他施行水下抽打，以满足他的肉欲。而通过阿力的拒绝和阿九的死，揭发并鞭挞了诸如老满这般的社会恶习，指出树立正确的“三观”、在阳光下生活才是人生的追求。但细细品味，《城市深处的鱼》又是现实主义手法，追求艺术的真实模式，强调客观真实地反映生活，以叙事文学为主。作者起初对老满的描写，很有即视感，也就是评论家常说的“栩栩如生”，仿佛人物就站在你面前。其对老满家奢华情景的描述，犹如巴尔扎克在《高老头》里那一段对门钉和爬藤的细腻描写。弹酒杯的声音，“豆汁”“猫耳朵”的出现，构成了小说的“声色味”俱全，使得这篇小说颇富可读性。老满被宣传成跳水救儿童的“见义勇为英雄”，而且不幸遇难，但最后死的是阿九，这就有点魔幻手法了……

突然想起，我只是在为长征写序，而不是评论，对作品的评论应该是评论家的事。我还知道，书出版之后，读者一般没有耐心看什么“序”和“跋”，基本都是“直奔主题”速读小说，所以，就此打住。

我为他人作嫁衣裳的很多序言，一般只用两天时间写作：一天半浏览作品，半天写出序言。可是为长征的这个，我写了整整一天。他写得认真，我也“序”得认真。

是为序。

（崔波，中国作家协会会员，中国电视剧编剧协会委员，安徽省散文家协会副主席。）

■ 扑面馨香浓似酒，无限生活到笔端

王瑞

在秋蝉声嘶力竭的鸣叫声中，皖北的高粱红了。王长征的首部小说集《那朵红玫瑰》也随之问世。为此我感到十分高兴。此刻，我最想说的一句话就是，非常感谢长期以来，那些给予他关心、鼓励、帮助，伴随他一路前行的老师、同学和朋友。在大家心目中，王长征是一位青年诗人，他与小说结缘十余载却鲜为人知，也很少有人了解这部小说集诞生的土壤所蕴含的生命色彩，及其反映的社会现实意义。

小时候，王长征总爱缠着爷爷奶奶讲一些老掉牙的故事，常常在一个个月朗星稀的夜晚，听着故事渐渐沉入梦乡。一觉醒来，他便抑制不住兴奋，将昨晚听到的新奇故事分享给小伙伴们。为了听他讲故事，同村比他大三五岁的孩子都乐于与他一起玩耍，一起奔走在上学或放学途中。因之，他成了村里的“孩子王”。课间休息时，校园操场上，他坐在同学们中间，一次次绘声绘色地讲述着一个个故事。在学校，他又赢得“故事大王”称号。

小学三年级开始写作文，每次辅导他时，我都是先讲如何选材、如何构思、如何突出主题，接着，找来一些范文一段一段地解读，引导他对所熟悉的事物口头表达，然后写在草稿纸上。我对他写的初稿一字一句修改之后，让他反复读上几遍，再撕掉重写，这样一来他写出的作文就文从字顺了，一次次作为范文供同学学习借鉴。

不管是在学校任教，还是在党委政府工作，我经常在报刊上发表文章，王长征是我最忠实的读者，我每次带回家的样报样刊刚一丢下，他便拿起来翻阅。他还将《人民日报》《安徽日报》等报纸的副刊，阅读之后精心收藏起来。日久天长，他床头并排存放的十多种报纸竟然摞有两米多高。我喜欢朗读，每逢周末和假期，一大早，我便站在自家平房上朗读诗歌、散文、名人名言等。在院中玩耍的王长征听得多了，无意间背诵了不少诗词，同时也情不自禁喜欢上朗诵。初三时，他参加全市中学生演讲比赛荣获二等奖。

2000 年，阜阳生态园刚建成不久，王长征有幸参加团市委组织的"阜阳一日游"活动，举办方要求每位学生写一篇参观感受作文。他写的《阜阳，你真美丽！》不久发表在《中原晚报》上。为此，校长在全校大会上表扬他，并奖励校服一套。这无疑给了他莫大的鼓励与鞭策，使他懂得文字的价值与意义。后来，学校为了招生，经常组织学生到周边一些乡镇进行文艺演出，王长征一方面与队员们登台表演武术，另一方面模仿电视上某些节目内容，自编自演小品、相声、快板等。一段时间后，他创作了七本“曲艺作品”。如今看来，这些作品几乎没有什么价值，却为他后来的曲艺创作打下坚实基础。上初二时，王长征的作文《静夜》荣获全国中学生征文二等奖，发表在湖北省一家省级杂志上。读高中时，他坚持每天写日记，经常偷偷地向报刊投稿，相继在《阜阳日报》《新安晚报》《疯狂阅读》等报刊上发表文章四十余篇（首）。其中，散文《乡村四月》荣获“冰心杯”青少年文学大赛三等奖，诗歌《迎春花》发表在《小读者》2010 年第 5 期上，在点评本刊《小诗人》栏目中，配发了时任《诗刊》副主编王青风写的一篇近千字短评，文末赞道：“它是一朵朵别致的小花，悄悄盛开在诗坛。”还记得，王长征的诗歌《钗头凤》《聆听小城之夜》等，在《中华风》杂志上发表后，编辑打来电话，问我可认识界首一中高三（21）班的王长征，要我关注、重点培养。我这才知道临近高考，他仍在写诗投稿，不禁感到十分恼火。尤为可气的是，2010 年 6 月 7 日高考第一天，《阜阳日报》副刊《平原》发表了他的诗歌《那一天》。我强压怒火，等高考一结束，立马将他狠狠地教训一顿。对于王长征搞文学创作，上大学之前，我打心眼里不支持。我深知文学创作的道路布满坎坷、辛酸，高二选科时，我动员他选择理科。孰料，这严重扼杀了他的学习兴趣，其成绩一落千丈，甚至产生辍学念头。从小学到高中，我只希望他健康快乐成长，将来做个对社会有用的人，平时很少督促他学习，任他自由自在玩耍，与孩子们一起在田间奔跑、在河里摸鱼捉虾、上树掏鸟摘果等。夏雨连绵，河水暴涨，村里村外沟满河平，我带他在大路上用网堵鱼。农忙季节，我带他在田间拔草、施肥、割红芋秧子，体验劳动的辛苦与快乐，锻炼他坚强的意志和坚韧的性格。他十岁时，为了使其拥有强健的体魄，我把他送到泉东文武学校，后该校停办，又把他送往泉阳文武学校，直至初中毕业。他上高中、读大学，我每天督促他习武一个小时。那时，他能一口气做上二百个仰卧起坐和上百个俯卧撑。

王长征读高中时，在报刊上发表的大都是散文。大一时，他迷上曲艺创作，作品频频发表、获奖。十七岁时，他加入安徽省曲艺家协会。大学第二年，他的写作方向突然转向诗歌，每天笔耕不辍，一年下来，在报刊上发表诗歌百余首，出版诗集《心向未来》。大三时，十九岁的他加入安徽省作家协会，成为当时全省最年轻的作家和省第三届作家高研班学员，与全省其他作家一道赴亳州进行文学采风。受作家们影响，此后，王长征开始尝试小说创作，第一篇万余字的小说《随风而逝》发表在《亳州文艺》上，且好评如潮，省内外一些作家纷纷写信祝贺。一段时间后，他创作小说几十篇。《可怜我家一头牛》《小江的官亲戚》先后被《新课程报·语文导刊》整版推出。《那朵红玫瑰》《叛逆的遗憾》发表在《后勤文艺》上。小小说《钉子生》《虫英雄》《我操，黄鼠狼》等陆续在《微型小说选刊》《百花园》等刊物上发表。其中《钉子生》荣获 2015 年度《百花园》优秀作品提名奖。

这部小说集选编的只是王长征在报刊上发表的一部分作品，大致分为三类:一是乡村题材,如《父与子》《随风而逝》《羊坟》《一只天鹅》《可怜我家一头牛》;二是校园生活,如《小江的官亲戚》《疯狂诵读》《那朵红玫瑰》《叛逆的遗憾》;三是都市生活,如《城市深处的鱼》《抹口红的男生》等。

《父与子》这部中篇小说取材于改革开放初期,我父亲朋友的儿子、侄子们每年春秋两季从河南省鹿邑县赶来我家,一待就是十天半月,他们从周边集市上买牛,然后用车装运回去贩卖。我父亲将听到的一些“牛经”讲给王长征听,烙印在他幼小的心灵里。这部小说写出父子二人对“贩牛”不同的人生态度:父亲刁钻,儿子本分;父亲唯利是图,儿子重义轻利。小说通过对比,展示出小商小贩的生存状态、自私卑微的心理和农村较为复杂的人际关系。《随风而逝》取材于本村一位妇女和侄子发生的一场纠纷,在村干部的调解下纠纷很快得以平息。王长征认为矛盾背后绝不是“一截电线”那么简单,联想到村里发生的一些是是非非,他以第一人称手法,把故事强加在族人身上,写出局内与局外人不同的认知和想法,读起来给人以真实之感。《一只天鹅》源于我一次未能成行的采访。一日早晨,我接到一个电话,一位村民说在田间捡到一只受伤的白天鹅,准备为其疗好伤后再放回大自然。我刚与有关部门联系妥当,几分钟后,那位村民又打来电话,说白天鹅已死。没想到这两个电话被王长征听到了,于是编成小说。他通过人物的言行和心理描写,勾画出村民们的功利思想和狭隘自私心理。《可怜我家一头牛》取材于我家养的一头小牛犊,它刚一出生,母牛就死掉了。在王长征妈妈精心饲养下,小牛犊当年长大,卖了九百六十元。孩提时代的王长征,整天逗着小牛玩,一到周末或假期就喊上小牛,在村里村外到处玩耍,他走到哪里,小牛就跟到哪里。他在河里摸鱼,小牛就卧在岸上衣服旁边;他上树摘果子,小牛就仰着脖子朝树上张望;他趴在庭树下的桌子上写字,小牛就卧在一旁眯起眼睛;放学归来,只要一听见他熟悉的脚步声,小牛立马飞奔迎上前去……他与小牛俨然是形影不离的好朋友。正因如此,这篇小说才写得那么生动美妙,充满诗情画意。此文采取叙事、抒情描写相结合的表现手法,既写出小牛的可怜、可爱与通人性,也写出农民养牛的辛苦操劳和农村生活的宁静祥和。

书中几篇反映校园生活的小说,贯穿于王长征小学、中学和大学生活的全过程,活跃着他读书求学的身影。《那朵红玫瑰》《叛逆的遗憾》详述了他在泉东文武学校习武时的生活经历。卢教练和孙教练刚刚踏入社会,仍是稚气未脱的青葱少年。教学中,他们热情有余、经验不足,对学生关爱有加,却难以把握学生的个性差异和心理状态,以至于出现一些令人匪夷所思的事情,最后离开学校。

《疯狂诵读》中,王长征一日凌晨初次遇见主人公,畏而避之,后来,发现他风雨无阻天天出现在王长征去学校必经之路的街口,成为小城一个"奇葩"。于是,王长征张开想象的翅膀提笔成文,对他寄予无限同情。

《小江的官亲戚》描述了当代大学生的真实生活和生存状态,反映了一部分大学生幼稚以及虚伪的心理,他们在风雨中成长,最终会克服自身缺点逐步走向成熟。

《城市深处的鱼》是作者刚踏入社会,融入大都市的生命体验。这个寓言式的小说,内容真实而又荒诞,奇异而又平常,故事好像就发生在我们身边,又似乎那么遥远,反映了城市繁华下一些人骄奢淫逸、贪图享乐,就像水缸中的鱼儿一样,不仅失去可贵的自由,也很难呼吸到一丝新鲜空气。

《那朵红玫瑰》这部小说集创作于十年前,成书于十年后,算是迟放的花朵。重读其中一篇篇小说,顿觉馨香扑面,又如珍藏多年的老酒,一朝开坛立马浓香四溢,每一缕馨香都是上苍的赐予、生活的酿造,最终成为大自然的精魂。

就这样,王长征始终如一,乐此不疲,用一双聪慧的眼睛观察生活,用一颗赤诚之心体验生活,用一支灵性之笔伸向生活深处,打捞精彩无限的诗意,然后倾注笔端,尽情挥洒,汇成潺潺溪流,咏唱着永远年轻、奋勇前进的生命之歌。

于沙颍河畔

2023 年 9 月 1 日

(王瑞,中国成人教育协会文化创意委员会专家组专家,阜阳市作家协会副主席。)

那朵红玫瑰

我小时候生活在皖西北偏僻的农村，当地村民崇尚武术，一个不足五万人的小镇竟办有三所武校。八岁时，我看电影《少林寺》入了迷，就被父母送到离家最近的一所武校学习武术。最初是一位李教练教我们武术课，每天我们都要绕着村庄跑上十多里乡路，下雨天也不例外。一个星期过去了，除了饱尝恐惧和疼痛以外，什么也没学到。原因是学生太多，李教练本身带着一个武术班，对我们“新生”，他无暇顾及，于是，他经常让他的得意弟子训练我们。

父母把我们送到学校，长期寄宿在这里，他们不在身边，没人宠爱我们，挨打受骂是常有的事。很快，我们开始厌倦了这种生活，觉得白花了冤枉钱。但谁也不敢向教练提意见，我那时候胆大，爸爸又是乡里名人，很多师弟都把目光集中到我身上，让我找校长反映大家的需求，我稍微犹豫了一下便答应下来。

一个星期后的一天，师弟秦小龙兴高采烈地跑来喊我，说是新教练来了，我闻讯连忙向操场跑去。那里已经聚集了很多人，操场中间是一个大花圃，花圃前面迎风站立着一位身着鲜红上衣的女孩子，她的身后盛开着一大朵一大朵鲜红的玫瑰，让我情不自禁联想起电视剧里的小龙女。一个是白衣翩然若出水芙蓉，仿佛不食人间烟火，一个红艳冰冷似仙女，二者均散发出摄人心魄的魅力。难道她就是我们新来的教练？

女孩子姓卢，刚满十七岁，齐眉短发恰到好处，水灵灵的大眼睛透露着热情。她的父母都是皖北武术界名人，尽管她年纪轻轻，却已在国际、国内武术大赛中夺得数枚金牌。在校长的授意下，我们腾开场地，邀请卢教练为我们表演拳术。只见她站立在众人中央，开始像一汪平静的水面，随着一个起手式点开一朵水花，接着荡漾圈圈涟漪，经过重复叠加，时而翻腾起浪花朵朵，时而又如落定的秋叶。她的身姿优美多变，仅仅用敏捷来形容是远远不够的，拳法里的一些刚猛动作如晴天霹雳，一些看似笨重的招数，她使出来就显得举重若轻，仿佛她不是在展示武术技艺，而是在享受逍遥人生。正当我看得目瞪口呆时，她足尖用力一点地，唰地一下，整个身子竟然从我们头顶飞跃而去，落地的时候没有溅起一丝灰尘。

世界仿佛静止一般，在我的眼睛里，她已和花圃里团团红玫瑰叠加在一起，是那么鲜艳与美丽。我对她的感觉似乎超出师生关系，比别人多了一种仰慕。我是这样，新生班其他所有的弟子也都对她敬若神明，学起武术来格外用心。谁不想在她面前展示一下自己呢？

很快过了一个月，我从当初经常游荡田野沟渠的小子，逐渐变成一位健壮的少年了。卢教练对我们说："期末要迎接考核，选出代表加强训练，与外校弟子打比赛。"小孩子荣誉感特别强，而我本身就爱好武术，又加上每天都比别人多练一个小时，很快在班里脱颖而出。我的一套少年拳已经有模有样了，劈叉踢腿也都易如反掌，跑步的排名也从先前的倒数变成名列前茅。能被卢教练选上，我的心里就像抹了蜜一样，分外地甜。别人休息的时候我仍在加强训练，别人还在学拳和基本功，我就已经接触兵器了，腿向上一甩能扳到脖子后。每次我的动作不够标准时，卢教练便会亲自纠正，有时候我还能闻到她身上散发出来的淡淡馨香。那时我习武之余经常偷偷阅读一些文学作品，甚至在笔记本上抄写歌德的"人之幸福，全在于心之幸福"，那就是我当时的心境。我在心里暗暗喊她"安琪儿"，并且发誓一定要对她喊出来。每次见到她时，我的心跳都很剧烈，好几次"安琪儿"的呼唤都卡在喉咙上，最后生生咽了下去，我怕她知道"安琪儿"的意思，怕她觉得那是冒犯，怕她对我生气。

夏日炎炎，一天黄昏，我正在蹲马步，汗流浃背，卢教练给我端来一碗加盐的开水，问我："听说你肚子里有很多故事，你家里是不是有好多书？"提到书我扬扬得意，我爸爸当时在一所乡村中学教书，他爱好文学，除了经常在报刊上发表作品外，指导的学生也有不少作品变成铅字。书在农村许多人眼里就是一堆废纸,但在我爸眼里却是宝贝,有好几架子呢。可是我除了看故事书以外,别的什么也不看。

听到卢教练这样问我,我连忙点头:“我家的书就像粮囤里的豆子,数不清呢!”

“那你能给我带点看吗?”卢教练用商量的语气问我,同时眼里满含期待。

卢教练居然也有求于我,我简直开心得不得了。卢教练远离家乡,平时很少走出校门,在这里自然没有多少朋友,看书可以缓解孤独。于是,每到周末我就回家偷书带到学校送给她。

古典名著语言晦涩,我那时候还读不懂,所以带给教练的都是白话文小说,刚开始是路遥的作品和一些微型小说,后来就多了一些外国言情小说了。卢教练虽然习武,但骨子里还保留着传统女性的温柔与多愁善感。她读起书来很容易沉浸在其中,时常会为书中人物的悲欢离合而流泪紧张、欢喜称庆。

此后,她对我就多了一些关怀。仗着送书的关系,我渐渐产生骄傲的心理,时常不把师兄弟放在眼里,对我最有怨言的就是秦小龙。秦小龙也是十分努力的孩子,他前面剃着光头,后面留着一根长长的“小尾巴”,两只眼睛滴溜溜地乱转,说起话来一副大人模样。当初支持我找校长反映问题呼声最高的就是他,看着我并没有因此受罚,并且还如愿来了一位漂亮的女教练,私下里他把功劳都揽到自己身上,常常跟别人吹嘘。我们俩在队里年龄并不是最大的，却都是很优秀的，秦小龙也提前进入加强班，但是进步远远没有我快。卢教练觉得他虽脑瓜聪明灵活，学东西接受能力强，但难以持久，而且怕苦怕累。别看他在教练和校长面前假装勤奋，背地里经常偷懒。

秦小龙见我在卢教练面前是个红人，时常讨好我，让我教他新东西，我当然也乐于卖弄，偶尔展示几招擒拿，制得他嗷嗷直叫。他虽对我有怨言，但表面上很是谦虚，句句“师哥”叫得顺鼻子顺嘴，听得我心花怒放。秦小龙的示弱给了我极大的满足感，我有点飘飘然，手底下的功夫自然退步了，可我依然自我感觉良好。

夏日的阳光很炽热，热得人嗓子冒烟，如同干裂的土地，焦渴地呼唤凉风细雨。校园南边有一条小溪，涉过溪水便是一片茂密的小树林。秦小龙常常带上凉席喊我去纳凉。没过多久，秦小龙就发现溪水尽头处有一片青翠的凉姜地。凉姜生津解渴，入口凉意横生，夏日常有人用来解暑，秦小龙就跟我商量弄几块尝尝鲜。

经过一番侦察，我发现事情并不简单，地头有一个草棚，里面住着守姜老人，门口还卧着一条瘦弱的小黄狗。人一旦靠近，那条黄狗就龇牙咧嘴不住地狂吠。我看不好下手，又加上这是不问自取，便犹豫不决。秦小龙看我有了退意，就劝说道：“师哥，你看天这么热，咱们学校提供的盐水不卫生，一刮风灰尘都落桶里了，实在喝不下去啊！”

我琢磨了一下，夏天习武运动量大，补充一些盐分挺好的，况且凉姜地有狗守着，这样不问自取，一旦传出去有伤名声。但是秦小龙依然不依不饶，看着凉姜地不住地舔着他干裂的嘴唇，一副可怜巴巴的样子。

“即使我们不吃，送给卢教练也行啊，说不定她从来没吃过呢！”秦小龙临走的时候，忽然冒出了这句话。

就是这句话使我立马住了脚。是啊，我怎么没想到卢教练呢？我是师兄，理应出马，况且想到漂亮的卢教练，我更应该亲手挖凉姜啊！我们很快制定了挖姜方案，凉姜丛有一米多高，猫着腰可以不被发现，秦小龙则负责放哨。我们首先想办法把那条狗引开，黄狗很轻易地上当了，追逐着我们，我们故意把脚步踩碎一些，显得很惊慌的样子，其实我们的速度并不快。我们和黄狗搞游击战，它追，我们就跑，它回头，我们就骚扰，经过反复挑逗，黄狗终于发怒了，死命追赶着我们。我们一直把它引到小树林，也就是溪水的东头，有几次黄狗差点咬着我的脚后跟。瞅准一个机会，我身子一旋转，没等黄狗反应过来，猛地一个弹腿朝它踢去，只见它打了一个滚，瘸着一条腿惊慌地跑向远处。秦小龙这时候手握一条棍子将它往别处赶，不让它返回草棚，我很快如愿以偿钻进了凉姜地里。

我整整刨了一大兜战利品，多余的还用背心兜着，我和小龙就这样唱着歌回到了学校，没想到一场暴风雨即将来临。

卢教练正津津有味地吃着我们带回来的凉姜，这时候一位白胡子老人闯进校园。他一进来就破口大骂,一张脸又黑又红,脖子拧得像斗鸡,每骂一句,脖子上的一根青筋就会跳跃一下。他的骂声就像鞭炮,炸起来不停歇,也让人插不上嘴。

仔细一听,原来他是草棚主人,是骂偷姜贼的,谁也劝不住。我一听这话就忍不住了,不就是几块姜吗?能值多少钱?骂得也太过分了吧!我正要挺身而出,突然看到秦小龙整张脸都吓得发青了,牙齿直打哆嗦,我忍不住问他怎么了。

秦小龙紧紧抓住我的手说:“出事了!”

学校一时间聚集了很多人,有人茫然不知所措,有人等着看热闹,我突然发现卢教练的脸色很难看。

老人一下子闯进人群,伸出他那蒲扇般的大手猛地抓住了秦小龙的小辫子:“就是你小子弄死我的大黄,我可逮住你了!”老人说完就要脱掉布鞋,准备扔向秦小龙。

这时候,过来几个教练制止了老人的行为。

老人揪着身旁一个教练的衣服用力撕扯着,教练的袖子已经被撕裂了,老人依然不肯放手。老人屁股直往地上坐,试图摆脱教练的控制,他嘴里大声嚷嚷着要报警。

“你们这是图财害命,没有王法了吗?”老人虽然很凶,但是不敢拿他的鞋子往教练身上抽,他曾来学校看过教练的本事。当然也没人敢对老人动粗。

“就是这个‘猪尾巴’弄死了我的大黄。”老人说着，用手一指秦小龙脑后的小辫子，怒气冲冲。

秦小龙一听骂他是“猪尾巴”，加上刚才受到惊吓，突然哇哇大哭：“不是我，不是我，我啥都没干。”

场面一下子失控了，有拉拉扯扯的，有哭哭啼啼的，有指指点点的，各种心态都有。

丁校长听说学校有人闹事连忙赶了回来，一进校门就用脚踢飞了路旁一块无辜的砖头。

听说出了败坏校风的事情，校长脸色铁青，瞪着秦小龙，吓得秦小龙连连后退，打了几个趔趄。

校长是个黑脸大汉，发起火来眼睛圆鼓鼓的，很是骇人。秦小龙被吓得语无伦次，反复说着：“不是我，不是我。”我呆若木鸡，不知该怎么办才好。

当秦小龙的目光落到我身上时，他忽然冷笑了一下，指着我就说：“是他！都是他干的！是他把狗腿踢断了，所以狗过溪时才会淹死的。”

我吃了一惊，秦小龙好像着了魔，一口咬定。我更是诧异，黄狗居然淹死了！明明小树林有桥，难道黄狗只识水路？大家的目光一齐盯住我。我忍不住向后退，可是整个身子被秦小龙的手紧紧抓着，动弹不得。

经过一番闹腾,老人气也消了大半,最终接受了学校赔他的两百块钱。老人虽然走了,但事情仍没有平息,我和秦小龙都要作检讨,而且我听说我们队被取消了打比赛资格,卢教练也因此蒙羞。

宁静的夜晚,操场上亮着昏黄的路灯,队员们一个个垂头丧气地站在灯下,卢教练神情严肃,对我们重申了纪律,最后决定对我和秦小龙进行处罚:秦小龙做一百个马步蹲起,而我要做四百个。我一听就喊着不公平,为什么我要做那么多?

"因为你是师兄,带头违纪,而且你不该滥用武术,更不该对我撒谎说是你家的凉姜!"卢教练余怒未消,她停顿了一下接着说,"况且狗主人无儿无女,就与这条狗相依为命。"

我还想申辩什么,却看到秦小龙正在接受处罚了,我一咬牙就蹲了下去。我心里满是委屈,我是她最满意的弟子,她应该对我特殊照顾,况且我还经常借给她书看,我心里埋怨她,甚至有点恨她绝情。

卢教练看我接受了惩罚,安排一个师弟帮我计数就离开了。

站在煤渣铺成的地上做马步蹲起,我早已泪流成河,呜呜哭出了声音。为什么她这么不近人情?我做到八十个的时候双腿就开始胀疼了,但我咬牙坚持着,不住地蹲下再起来。师弟数到一百就老是数错,我做到一百五十个的时候,师弟都数到三百九十个了。师弟数完的时候我还没有停下,因为我知道我离四百个还差得远,我不能让她看不起。

师弟连忙说:“够四百了,师哥,你不要再做了!”可我根本不理他,心怀怨恨,艰难地往下重复着蹲起。

“师哥,教练私下里安排我给你跳着数,你要是再不停下,被教练知道了不好。”师弟苦苦哀求。

“谁要她可怜?当着那么多人的面惩罚我,让我还怎么见人?”我怒气冲冲,狠狠抹了一把泪,“我偏要做满四百个。”说这话的时候,我的双腿已经开始打战,脚在煤渣上开始乱晃,倔强的我决不愿服输。

我的腿因惩罚严重伤了筋骨,大半个月都不能正常行动。看到别人生龙活虎地在操场上练武,我坐在一边闷闷不乐,卢教练坐到我身边关切地跟我说话,我却不搭理,反而固执地扭过头去。这时,我听见卢教练长长地叹了一口气。

卢教练此后也不敢靠近我了。不久后的一天,做早操时我发现我们的教练变成了一个陌生人。卢教练呢?新教练告诉我们他是卢教练的师弟,卢教练有事回老家再也不会带我们了。我听了这话,顿时感觉天旋地转。

“你骗人,她昨天下午还在,怎么会走呢?”我大声嚷嚷。说完,我径直朝校门外跑去,我一定要追上卢教练,我还有很多话要对她说,她不能就这样走啊!我的眼泪一下子涌了出来。

我挣脱了别人的拉扯,跑掉了鞋子,任由凹凸不平的石子扎进脚心沁出血来,我忘记了疼痛,脑海里只有一个信念:“我不能停下!”一直跑到几里外的公路上，下面该往哪里寻找呢？我泪眼模糊，哭成了泪人儿。

从此，我再也没见过卢教练。十多年过去了，前天我整理书架时，忽然发现，曾经借给她的几本书的扉页上写着她的名字：卢金凤。看到她的名字，我不禁想到第一次见到她的情景，那时的她不就是一朵迎风绽放、鲜艳夺目的红玫瑰吗？霎时间，我的耳边不禁回响起了她喊的号子声，可惜这一切都早已深深定格在记忆深处。

叛逆的遗憾

在很多人眼里,我性格温和,比较听话,入学以来一直是班干部或课代表,在很多方面都能起到带头作用。翻开童年的记忆,往事历历在目,我不禁回想起小学时候发生的一幕幕。小学四年级时,在家乡那所文武学校里,我一边学文化一边习武,从而认识了孙天华教练,并引出一件令我终身遗憾的事情。

当时孙教练是一位十八岁的阳光男孩,瘦瘦的,长长的头发经常遮住眼睛。他是在一个早晨突然来带我们武术课的,以至于大家都没有思想准备。在他之前,带我们的是一位漂亮的姓卢的女教练,很是宠爱我们,在她的带领下,大家都很勤奋,不怕吃苦,并且建立了兄弟姐妹般深厚的感情。对于孙教练的到来,我们一时都很逆反,觉得是他赶走了我们的卢教练,心里对他很不满意。他点名的时候,我们一个个有气无力不肯好好应答。他见我们垂头丧气,就带我们出去拉练,还准备了一根细长的棍子,声称:“谁跑在最后就要受到处罚!”众人一听吃了一惊,都觉得这个教练不是好惹的主儿。

乡间的道路凹凸不平,他拎着一根棍子在我们身后追逼。我当时腿部有伤,跑起来行动不便,成了最艰难、最痛苦的一个,没跑几步屁股上就被他抽了一棍子,火辣辣地疼。我对他满怀仇恨,跑起步来时不时地斜眼怒视他。而孙教练并不知道我有伤,以为我对他不服气,所以就跟我较上了劲。

跑了十多里乡路,人人大汗淋漓,而我除了汗湿衣衫外,屁股犹如虫咬蚁噬一般万分疼痛。

“你叫什么名字?”跑到终点,孙教练问我,“为什么你脚步迈得那么慢!”

听他发问,我忍不住哼了一声:“谁要你管?”

孙教练听我这样回他也很生气,毕竟他初来乍到,如果不树立威信,今后还怎么带徒弟?他立即命令我不但要多跑两圈,还要去做跨越训练,要在规定的时间里越过几面矮墙。我看他凶神恶煞的样子,吓得立即投入训练,可是一不注意,就被障碍物绊住了脚,摔倒在地上,疼痛使我倒吸一口冷气,立马哇哇大哭。我爬起来一口气飞奔回家,找妈妈给我做主。妈妈一看我屁股上的伤痕顿时怒火中烧:“送孩子习武是为了强身健体,可不是为了受罪的。”她拉着我的胳膊要到学校问个究竟,走到半路正巧碰上我爸爸。他见我满脸泪痕、妈妈怒气冲冲的样子,仿佛一下子明白过来,便问起了缘由。

见爸爸发问,我添油加醋地把孙教练处罚我的情形描绘了一番。爸爸微微皱下眉头说道:“在外学艺就要听教练的话,家人不能过问。”说完,他就让妈妈回家,“这件事我会处理的,等会儿我送他去学校了解情况,你不要插手!”

什么?这不是把我往火坑里推吗?如果爸爸处理的话,肯定不能为我“伸张正义”啊!但是我又有什么办法呢?于是我极不情愿地随爸爸回到了学校。

原以为爸爸送我归队,他会直接找孙教练发难,没想到爸爸却找校长聊天去了,完全没有为我出气的意思。孙教练看到我回来了,有点不好意思,上前握住我的手腕就说:“刚才我向别人了解啦,本不该让你参加拉练的,没想到你前几天被卢教练惩罚导致腿部肌肉损伤……”

“谁要你管?不要在我面前买好!”听到他提到卢教练罚我,我觉得极为刺耳,一字一句都分外难听。孙教练一下子呆住了,显得手足无措,不知道怎么办才好。他这是第一次出来带学生,没想到我就给他出了个难题。他犹豫了半天也没拿定主意,只好让我先返回队伍。

当天中午,孙教练要在全校师生面前表演武术,这是每位新教练带学生必走的程序。他的武功到底怎么样呢?操场已经围了很多人,孙教练换了一身白衣走了过去,看我在操场墙外就热情招呼:“等会儿一定要去给我捧场啊!”我心里正怀着恨,心想:才不要看你“耍猴拳”

呢！但是又忍不住羡慕他那一袭潇洒的白衣。

几番犹豫，我执意不肯向他认输，决定不去看他表演。过了一会儿，操场上不时地爆发出阵阵雷鸣般的掌声。我那时候非常喜欢看人打拳，听到欢呼声，内心越来越痒，于是决定偷偷看上一眼。操场墙外有成排的梧桐树，我挑准了一棵比较茂盛的树就爬了上去，透过树叶间隙只见操场中间围了一大圈人，其间一个白色的影子像陀螺一样旋转，从那“陀螺”里伸出灵活的双手，时而亮掌，时而握拳，忽然白色的身影仿佛又化为一只蝴蝶，长长的衣袂犹如蝴蝶快速扇动的翅膀。未等反应过来，只见他身子在空中一拧，继而朝地上扑去，双手着地的刹那间，身子再度弹起，双脚来了个精彩的侧身无影连环踢，整套动作一气呵成，浑然一体。再看孙教练，他已经收式站立，额前的长发猛地往上一甩，一副淡定从容的样子。

学生们几乎都被孙教练折服了，纷纷回到队里训练，我的心里很不是滋味，却也无可奈何。孙教练会时常关心一下我，还跟我聊起卢教练，他和卢教练是同门弟子，关系很好。我对他的印象渐渐改变了一些，但是很快他又被我推向坏人之列。

期末考核时，教练要从队伍中抽出优秀的弟子打比赛。很多队都会选拔一些好苗子强化训练，而我曾经是队里的参赛选手，经常会受到一些特殊的待遇。我的伤势也恢复得差不多了，但孙教练压根不提参赛的事情，并没有对我和其他几个优秀弟子加紧训练，而是让大家集中训练,我的优越感一下子没了。孙教练认为大家都是花一样的钱习武,不应该有好坏之分,不能为了培养几个打比赛的选手而忽视了大多数学员。

可是我们终归要派人参赛啊,孙教练说要到最后才能定人选,这样一来,我们的训练量全都增大了,每天早晨四点钟他的哨声就会把我们从梦中拉起来,然后大家带着睡眼在黑夜中跑步。虽然刚出去还看不清楚路,但他的规矩依然不变,无论什么人落在最后都要挨棍子,他提着一根棍子在我们身后不停地甩着,不时地传来一阵噼里啪啦的声响。拉筋的时候,我们一起把腿扳到头上,前十位把脚落下的人或者腿伸不直的人都要挨棍子,这简直是魔鬼训练,还从来没有哪一支队伍这样练过,包括曾作为特殊培训的人也没吃过这种苦,更何况其他的人。大家不禁满腹怨言,和我关系最好的秦小龙表现得最为强烈,他以前也是种子队员,不知为什么老是犯错误,总是受到处罚。大家苦不堪言,纷纷盼望着早早结束这痛苦的煎熬。

看大家怨声载道,加上我的"特殊待遇"被取消,我心里很不平衡,就和大家商量着找校长提议换一个教练。当然并不是大家都反对他,女生们极为拥护孙教练,嚷嚷着要去告密。我们本来就发现孙教练对女生常常有特殊照顾,比如女生从来不用蹲马步。我们叫苦连天,牢骚不断,但孙教练一概视而不见,依然训练着我们。终于,有一次女生违规他没有进行惩罚,我立马嚷了起来:"教练你偏心,凭什么不让女生蹲马步?”

孙教练眼睛一瞪:“我怎么知道?学武历来就是这规矩!”他话音一落,男生们就纷纷窃窃私语。

孙教练一听有人嚷嚷,立马遏止住了大家:“谁有意见请站出来,不许说悄悄话!”

闻听此言,大家坐在地上纷纷住口了。犯错的女生叫雅丽,八九岁的样子,是我邻村的,家里条件不是很好,穿的都是别人给的破衣服。雅丽看孙教练的确为难,挺身而出说:“我愿意接受处罚。”言毕,她在一旁蹲起了马步。

没想到雅丽的好意却引发一起轰动全校的事件。我们恢复了训练,没多久就发现几位大师兄总是朝雅丽瞅去,一小会儿就传播出一条新闻:“雅丽的裤子撕裂了!”虽然她距离我们较远,却足以使几位年长的师兄心神不宁。孙教练发现了这个情况,立马喊雅丽归队,没想到此前很多人都反对他,说他偏心。雅丽一听偏偏不愿意回来,非要坚持到底。孙教练只好强行拉回雅丽。

雅丽到底还是归队了,但别人看她的目光却不一样了,就连女生都觉得她太出风头,还有人跟电视上学了新台词,说她显摆。雅丽并不知道刚刚发生的事情,还一副无辜的样子。

有人借题发挥,说教练既然强调公平,就应该绝对公平。一个多月的魔鬼训练已经让大家吃尽了苦头,一心想赶紧换人。刚学武那会儿，从来没人敢发表自己的想法，过了大半学期，发生的一些事情让我们明白我们是拿钱来学武的，校长应该听取我们的意见。但是没人愿意带头说，毕竟孙教练不是不负责任的教练，于是大家开始寻找机会准备治治他。不知从何时起，就有人传言教练偏心，对女生区别对待，尽管在今天看来，女生应该受到保护，但在那个年代，“偏向女生”是对付男教练屡试不爽的武器。传言像一阵风，吹遍了校园的每一个角落。孙教练却丝毫不在意，理所当然地我行我素，继续每天凌晨就若无其事地吹响起床的口哨。他居然没一点反应，很多人私下里议论。他当初表演武术时的光辉形象在大家心目中渐渐消失了，大家都觉得他脸皮太厚，占着位置不肯挪窝。

这时候，我想起了“罢课”。大家一听，急忙问我是什么意思，我告诉他们就是大家集体逃课示威，让他知难而退。我们按计划逃到了校外的小树林，没多久孙教练就找来了，喊我们回去，但我们没一个人肯动。孙教练很慌张，多次劝说无望，甚至实施武力也无济于事，最后非常失望地离开了。看到他痛苦离去的背影，我们都忍不住笑了起来。

校长很快发现训练场上没有学生，只有孙教练一人手足无措地站在那里，便让他立马把学生找回来。孙教练却结结实实碰了个大钉子。那天只有几个女孩子正常训练，而孙教练却怎么也打不起精神来。

我们在林中地面躺着的时候，忽然有人喊道：“丁校长来了！”大家一个激灵纷纷站了起来。校长发起火来就像放炮,离我们老远就骂了起来。校长一踏进小树林,树上的鸟儿全都惊得飞走了。我们的耳鼓被震得嗡嗡作响,大家耷拉着脑袋任凭发落。校长粗声粗气地喝道:“为什么不去训练?到底怎么回事?”

忽然,校长用手指着我,吓得我一颗小心脏差点飞出胸膛。

我吞吞吐吐,半天才憋出几个字:“是因为孙教练……”

“孙天华怎么了?”校长反问道。孙天华是孙教练的名字,校长直呼其名,其他人倒是没喊过,包括其他教练互相称呼也不喊名字,都是“张教练”“李教练”。

是啊,孙教练怎么了?校长这一发问,让我们一下子蒙了,对他有怨言,也不能只怪他呀,总不能告诉校长我们怕吃苦吧。

看到校长铁青着脸,秦小龙开了腔:“我们教练偏心!”

“什么?谁偏心了?”校长一时没反应过来。

“孙教练罚女生蹲马步破坏规定。”秦小龙脆生生的童声童腔道。

听了这话,我心里一阵子紧张,这明明不是孙教练的过错啊,秦小龙这娃子才十岁,尚不懂事,说的这些话都是几个师兄教的,他无法预料此事会造成什么后果。

校长看秦小龙忽闪着大眼睛,一本正经的样子,完全不像撒谎,立马暴跳如雷,狠狠地捶了一下身旁的树干,生气地说道:“反了天了!”说完就怒气冲冲地回学校了。一只老鸹在我们头顶“嘎嘎”几声。

“不好啦，校长发怒了！肯定要出大事了，大家快快回学校！”不知谁喊了这么一嗓子，队员们纷纷向学校跑去。

赶到学校的时候，我们看到孙教练衣衫不整，头发凌乱，脸上还有一个清晰的巴掌印。那个英俊飘逸的白衣少年不见了，取而代之的是一个怯生生、泪涟涟、躲在一边不敢说话的小子。我们都知道闯下大祸了。这时候，丁校长把孙教练的被褥、枕头、盆碗等生活用品都丢进了寝室外还有水的沙坑里。校长气愤得不得了，其他队的教练都被惊得不得了，纷纷过来劝慰。校长越来越恼火，人越多他的火气越旺盛，好像大家都是为了看他表演骂人似的，不然他怎么骂得越来越起劲呢？

最可怜的就是孙教练，他蹲在地上不停地用衣袖擦拭眼角，眼睛里一片茫然。他毕竟还是个少年，完全不知道自己做错了什么，只知道他的学生集体逃课，他还以为校长是因为学生逃课而发火，可是平时温文尔雅的校长，怎么眼睛像喷火器一样，恨不得吃人？他完全丧失了最后一丝勇气，嘤嘤地哭出声来，像一个女孩子似的。

就这样，孙教练被辞退了，还扣了一个月的工资，爱笑的他来时满面春光，现在却灰头土脸的。我们深知自己做得太过分了，但是谁也没有勇气去承认错误。

晚上，我们依然自发地在训练场上集合，一个个无精打采。我们又成了没人要的孩子了，人人心里都很难过。这时候，我们居然看见孙教练走来了，还是笑眯眯的。我们立马站了起来，忍不住呼唤："孙教练。"

孙教练好像什么事也没发生一样，他走到我们面前："我是来跟大家告别的，你们是我带的第一批孩子，不管怎么说，我们毕竟是师徒一场，今天我给你们上最后一节课。"孙教练说这话时虽然脸上带着笑，但我们仿佛都听见了其内心的哭泣。

四周寂静得只剩下虫鸣。我们在孙教练的口令下，一一做着各种动作，不知为什么，大家忽然发现我们做的动作很整齐、很标准，就连最笨的"胖师兄"也能把腿踢到额头了，就连平衡最差的阿呆师兄也能空手翻了，看到这个奇迹，我们的眼泪啪嗒啪嗒直往下掉，砸在心窝上疼痛万分。

忽然有人喊道："孙教练，你不能走，我们错了。"大家纷纷表示悔意，我们一定要留住孙教练，他是我们的好教练啊！

这时候，秦小龙哇哇大哭，边哭边抽自己的嘴巴子："对不起，孙教练，都怪我。"谁也拉不住他，大家都哭成一团。

孙教练被感染得热泪盈眶。他说过男儿有泪不轻弹，可是为什么他的泪水比谁都汹涌？

孙教练最终还是走了，留给我们深深的怀念。尽管后来我们集体恳求校长，孙教练还是决然地走了。我们队里还有一个变化，那就是雅丽的母亲来学校把女儿接回去了，她的母亲老实巴交的，对校长说：

“女孩子学武就是罪过。”

那年我们队多人参加全市武术比赛，荣获了好几项少年组冠军，可是我们亲爱的孙教练却没能与我们一起分享那份荣誉。

十多年过去了，每当想起那段习武生活，我总会情不自禁地想起孙教练，因我们的不懂事而伤他伤得那么深，不知道他第一次教徒弟出了这事对他今后的人生有什么影响，但我永远不能忘却的，是我躲在树上偷看他在操场上像白蝴蝶一样翻飞的身姿和他最后告别伤害自己的学生而泪流满面悄然离去时瘦弱的身影。

疯狂诵读

记得第一次见到他，我正读高一。有一天我的闹钟坏了，我比平时早起了一个小时，天还未亮，大街上漆黑一片。刺骨的冷风吹得我头皮发麻，那些遭人遗弃的塑料袋不怀好意地悄悄尾随身后，与地面摩擦发出骇人的沙沙声，偶尔还能听到几声野猫的叫声。不知是因为天寒，还是因为恐惧，我浑身瑟瑟发抖。当走到人民路市购物中心时，我看到解放街路口竟有一抹亮光来回移动，还有被冷风割碎的说话声。我一时踌躇不前。

拂晓时分，我隐隐约约看见前面站着一位身穿校服的男生，他一手拿着手电，一手捧着英语书，扯着嗓子朗诵着那些英语单词和语法。他虽来回踱步，但神情异常专注。四周静悄悄的，只有他是动态的，整条大街仿佛是他一个人展示的舞台，道旁那些建筑楼群都是他最忠实的观众。他不像在朗读，倒像在表演。即便我打他身边走过狠狠地连声咳嗽，也未能让他的表情改变一丝一毫。我从未见过如此投入的疯狂诵读。我的初中生活是在农村中学度过的,学习比较轻松,眼前他读书的专注,给了我极大的震撼。我正想着,读书声戛然而止,我忍不住回头看他,他的声音虽然停了,但表情没多大变化,他把书夹在臂弯里转身走了。他去的那个方向有三所高中,我猜想他可能是备战高考的学生。

后来我发现,除了早起能看到他以外,下午提前去学校,也能在解放街路口遇见他。我每次都能看到他在那里读书,尽管身边车来人往,头顶赤日炎炎或暴雨如注或寒风凛冽、雪花飘飘,他总是像个卫兵,准时站在他坚守的岗位上。不但我注意到了他,我的同学、老师,还有其他各位学生的爸爸、妈妈都注意到了这个爱学习的孩子。于是,老师和家长们把他当作标杆、榜样,经常耳提面命地教导我们,学生们则把他当成敌人,尤其是那些懒散成性的学生对他苦大仇深,埋怨他不该如此用功,不给别人留条活路。

在他的影响下,县城几所高中掀起学英语的狂潮,开办了不少英语角,很多同学的英语成绩大幅度提高。有些学校想打听他是哪个学校的,甚至决定邀请他到学校演讲,但是又听说他特别高傲,曾经让兼任县教育局局长的一中校长丢了颜面。一天,校长在商店买好东西出来时,碰巧遇见他,便邀请他作一场报告,可是他仿佛没看见,既不回答,也不抬头。他激情的朗读不但没有停下,甚至连节奏都没有丝毫改变。这个人不简单,很多人议论纷纷。他的名气更大了,有人说他是二中的学生，但二中的学生都说不认识他，可是二中校方从不否认。他是哪个学校的已经不重要了，甚至不知道他叫什么名字也没有关系，大家都在学习他刻苦读书的精神。

此后，再也没有人去打扰他，以免被他的高傲弄得下不了台。不过也有人愤愤不平，爱学习固然是好事，但也没必要如此张扬吧，况且这样做不近人情，你又不是大师，何至于这样高傲呢？那些年，县城邀请过李阳等许多英语专家来讲学，但是无人能忘记解放街路口还有一个更疯狂的人。每当专家到来，他都会被人提起一次。由于他的存在，我们的高中生活更加紧迫、更加充实。时间就这样从指尖溜走，当我们面对高考时，紧张的学习压力让我们一时忘记了这个人的存在。

我经历了高考，也读完了大学。时隔几年，本来几乎忘记了这个人，最近我却又遇见了他。那天，我去临县做采访，在一家医院走廊，忽然听到某个病房传来熟悉的读书声。是他，一定是他！这声音、这节奏，太熟悉不过了。我循声走去，果然是他。他正躺在一张病床上，脸上缠着绷带，双眼微微睁开，投入地读着英语。我想，他也应该上了大学，或者正在读研。没想到他还是那么用功，让我自叹弗如、惭愧汗颜啊！

他的病床前呆立着一位头发凌乱，面容愁苦、沧桑的老人，我忍不住走上前去，实在想和这位曾经风云一时、傲气十足的偶像聊聊天，如今的他不至于那么难以接近吧？我却一时难以启齿，该跟他聊些什么？

我正打算开口时，忽然发现他手中的书封面上写着“高考英语”，我一下子呆住了，将涌到喉咙的话生生咽了下去。他实在是个谜。在他的病房里待了一会儿，我就悄悄地离开了。后来经过打听，方知在他身上发生过一些揪心的故事。

他曾经是一个天真的孩子，父亲是当地小学教师，高中学历，在农村算是文化人了，只是家庭条件不好，为了供他读书，父亲决定辞去教师一职外出谋生。凭借腹中的知识，父亲在外面做得不错，很快成了包工头。后来，他的父亲离开了他们母子俩，他和母亲在村里经常被别人议论，那年高考他败走麦城。母亲逼迫他好好复读，一定要比父亲有文化、有出息，要好好活出来给父亲、给别人看看。第二年他更加用功，或许是压力过大、紧张的缘故，他再次经历滑铁卢。两次的失败使他痛不欲生，于是只有更加勤奋，由于英语成绩拉了后腿，他对英语尤其上心。他的母亲最先发现他用功得不正常，读书的时候旁若无人，打雷都不能惊扰他。于是，他成了当地有名的书呆子。迫于压力，他的母亲未老先衰，带着他离开村庄，在附近的几个县城四处流浪，靠捡拾垃圾生活，而他，就是靠母亲捡来的英语书坚强地活着。

我上高中时，他的母亲恰好带着他住在我们学校后门的一条胡同里，所以他才会在学校附近的解放街路口诵读他的英语。他的疯狂与投入很快引起了大家的注意，他的母亲怕时间一久被人知道真相，就带着他经常搬家。

一个月前母子二人才搬到临县，他的刻苦与勤奋使这里掀起学习高潮，没想到也引起了几个不爱学习的孩子的嫉恨。他们认为是他的勤奋，使自己的贪玩在家长面前无地自容，几个人就聚在一起商量如何教训教训他。

几个学生怒气冲冲地一把夺过他的书扔在地上，没想到依然有各种单词从他的喉咙里迸射出来，任他们如何叫骂都没有停下。几个学生觉得很没有面子，甚至将被他视作生命的教材狠狠踩上几脚，又用手撕碎，用笑声来掩饰自己的懦弱，他们哈哈大笑，妄图带着嘲讽的笑声能够将他打倒。可是，他像个泥塑一样，丝毫没有任何反应，洪亮的英语从他的胸腔、口腔次第涌出。直到他手中的书被人用火点燃，他才清醒过来，两眼瞪得像铜铃，张牙舞爪地与人厮打起来，口中骂的全是英语，似乎汉语全部忘了。这时候前来找他麻烦的学生害怕了，终于发现了他异于常人，是个彻底的精神病患者，纷纷仓皇逃离。而他受到惊吓后，也变成了迷失方向的小鹿，在街上横冲直撞，直到一头撞在柱子上陷入昏迷。要不是街上的市民好心把他送往医院，说不定就出大事了。

听完这个故事，我再次回到他的病房，仔细端详病床前那位老人，那是他可怜的母亲，其实才四十多岁，已经和老妇人没什么两样。从他发病到现在已经整整八年了，他的母亲也陪他“复读”了八年，只是他的高考却遥遥无期。我不禁回想起高中时对他的崇拜与惧怕,以及周围的人把他搬上偶像的神台,并冠上“骄傲”的标签。这时,病房里再次响起他那激昂慷慨的诵读英语之声,我听了,声音失去了先前的磁性、魅力,反而有一种惊心动魄、百爪挠心的感觉。

流星，从夜空划过

仰望灿烂的星河，忽然，一颗流星从西边天空中划过，仿佛一道长长的伤口，令她心痛。不知怎的，她的眼里忽然滚出两颗晶莹的泪珠来。

十五岁那年，她喜欢上了班里的一位男生。

他是个小混混，学习成绩不好，还经常调皮捣蛋，穿着打扮都很另类，经常被老师批评。但她就是鬼使神差喜欢他，因为他和别的男生不一样，长长的头发总是显得那么帅气，所到之处总是充满欢笑，只有他会那么活泼，还会想方设法说些有趣的话。

那时候她喜欢林俊杰的歌，主要是觉得他与林俊杰长得很像，她经常梦到自己和他一块走路、一块玩耍，还会梦到自己长大后穿着洁白的长裙子，坐在他的自行车后座，用胳膊从身后环抱住他，把脸颊贴在他的后背上。那时候，她是个乖乖女，这些青春萌动的思绪还只能藏在心底，每次见到他都不敢说话，像极了温驯的小猫，文文静静的。

有时候她也很落寞。他已经开始谈恋爱了，与班级一位漂亮的女生走得特别近，二人经常挎着胳膊从人前走过，脸上总是挂着开心的笑容。她虽然心痛，但也只有默默承受。

这些无法向人诉说的秘密，她只有偷偷写进日记，甚至连最好的闺密都不敢说。她知道，很多女生经常谈论他是大众情人，听到别人夸他，她总是带着一丝欢喜和淡淡的哀愁。忽然某日发生了一件事，足以使她崩溃。她的日记一不小心被她最好的姐妹看到了，并且还把内容四处传播，一时间传言四起，紧紧包围着她。她完全不知道该怎么办，无论走到哪里都有人注视着自己。最让她受不了的是，她喜欢的或者曾经暗恋的对象，每次见到她都用可怜的目光看着自己。暗恋变成明恋，而他已经有女朋友了。她再也不敢正视他，每次见到都躲闪，但是同在一个班级，又不得不见，这些尴尬让她感到难堪和无所适从。

此后她变得越来越沉默，只有把时间全用来读书。如果故事到此结束，她的心结永远也解不开。他是她还未发生就夭折的初恋，并且还曾被人传得沸沸扬扬，她实在无法放开。后来她考上了大学，即使有很多男生追求，她也觉得有一种不安，她不知道自己心里到底怎么回事，就是无法忘记他。虽然知道那时候很不成熟，她的恋爱标准早就变了，不再对小混混感兴趣，可是，她心里总是有一个影子挥之不去。

有一天，她的朋友圈里忽然出现他的名字，她点击他的朋友圈查到了他现在的状况，才知道他与自己在同一座城市，他上了一所三流的大学，还是老样子，长长的头发斜斜地盖在脸上。他的相册里有很多与女孩的合影，并且她从资料里找到了他的手机号。她竟然有种默默的激动和欣喜，鬼使神差地存下了那个手机号。没过几天，他也通过网络找到了她，发了许多私信，询问她的现状，包括恋爱情况，有时候还会给她发几条祝福的问候短信，她感觉心一下子满满的。他又有了女朋友，但是她知道自己与他这么近，还是很开心的。电话虽然存下了，但她从来不曾主动拨通过，她知道，自己与他的人生不会再有交集，就算有，她也不愿意，她只愿意保留内心那份美好，那份回忆。

就这样，大学快过完了，每隔一段时间她都会收到他的消息，当然只是一些礼貌性的短信问候。收到他的短信，她也只是简单地回复“谢谢”这样的话。可是有一天，他忽然打来电话，说要见上一面。她觉得不妥，问道：“你女朋友呢？”他回答：“国庆放假回家了。好几年没见你了，正好她不在，咱俩一块出去玩几天。”他说完还嘿嘿地笑，像是开玩笑一般。

听完这句话，她心里咯噔一声，顿时冰凉一片。自己居然喜欢这样一个男人，而且一喜欢就是五六年。她觉得自己荒唐，但是又很庆幸，在看到他丑恶的一面时，她那些心结全部解开了。她知道，自己今后再也不会受他影响。她的初恋，就这样像流星一样，从她的夜空中划过，明亮了一下，却仿佛一道长长的难以愈合的伤口，成为永远不堪回首的记忆。

■ 与爱情无关

进入秋季，天气已渐渐变凉，小区楼下很少见到闲逛的人，那些常常晚间出来健身的大爷和大妈也不见了。来到北京的第三个月，杜明宇早已习惯了孤独，每天一个人上班，一个人逛街，一个人吃饭，一个人睡觉，实在无聊的话，他会听听音乐、看看电影，打发琐碎的光阴。日子就这样不紧不慢地过着，时光从他的指尖溜走，他原本明亮夺人的眼睛也因为生活奔波而变得黯然无光。有时候他下班后守着狭小的出租屋，面对空空的天花板，忍不住悄然流泪。

为了打发寂寞，他会挨个给熟悉的朋友打电话，把朋友都联系了一遍，就随便拨一个陌生的号跟对方闲聊。他以为这样可以治疗精神上的空虚，没想到反而越陷越深，不能自拔，生活越来越没有方向。从一开始胡乱拨号，到后来开始固定拨号，他的朋友圈也逐渐扩大，“回车键”就是他通过这种方式认识的，他第一次打给“回车键”时一直是无人接听，到晚上“回车键”给他回了电话，一来二去，俩人就互相认识了，只是“回车键”一直不愿意说出自己的名字，只让他称呼自己“回车键”。“回车键”是位女孩子，说话很直接，有一种让人信任、亲近的感觉。

后来，“回车键”在杜明宇的生活中越来越重要，他每晚都会给她打电话诉说自己的烦恼，分享自己的喜悦，包括工作状况，自己吃的什么饭，认识了什么新朋友，他都会一一告诉她。每晚不给她打电话，就觉得好像少了什么似的，她似乎成了自己生活中不可分割的一部分，如果非要分割，一定会很疼。杜明宇多么希望能在现实生活中见她一面啊，哪怕只是个背影。

但是，他不敢说出来，觉得自己还没有资格邀请别人出来见面，怕“回车键”怀疑他动机不纯，他更怕自己见了面会大失所望，当然也怕“回车键”因失望从此不再理他。

夜里失眠的时候，杜明宇会轻轻打开窗子，让习习凉风溜进屋子，吹拂自己的长发，有时候也会对着皎洁的月光静静地遐想，有时候会拿起笔写下此刻的心情，而这一切都和“回车键”有关。当然，这一切“回车键”毫不知情。下班后聊天成了他的必修课。

每次聊到最后，杜明宇总在床上辗转反侧，猜测“回车键”是位什么样的女孩子，做什么工作，漂不漂亮，是否也像自己一样孤身来到北京，不然怎么会每天都有时间和自己有说不完的话题？有时候他能听出“回车键”过得并不顺心，有那么多的忧伤，心里也堵着很多烦恼，但是她每次和自己说话时都闪烁其词,似乎有所保留,好像还对自己并不完全信任,或者说,她有什么难言之隐。

就这样过了两个月,也正因为每天都有人陪着说话,杜明宇的精神面貌好多了,不像当初那么消沉、悲观、落寞。而“回车键”的女神形象在他的脑海与梦中也逐渐成形,他似乎爱上了这个未曾谋面的女孩子,尽管这看起来很荒谬。

他觉得自己对“回车键”的情感越来越复杂,从内心里他把她当成初恋,有时候她不接电话,他就会瞎想,想吵架。有时候听说她和男生在一起,他也会吃醋、嫉妒,他觉得自己应该完全拥有她。实际上,他却连表白的勇气都没有,只是默默强忍着暗恋的痛苦,享受着每天电话交流的甜蜜。

忽然有一天,他发现“回车键”的手机停机了,一连数日都无法拨通,他不禁暗暗着急,却也无能为力,唯一能做的就是每天都试拨一遍又一遍,看看是否开机,换来的都是失望。刚开始,他总觉得生活中少了什么,内心空荡荡的,但慢慢地他就习惯了。只是,他不再像以前那样无聊而空虚。他发现初来乍到、茫然无措的自己,已经适应了都市的一切,即使后来他还是无法联系到“回车键”,但他依然能认真工作,好好生活。只是,他有时候会莫名地想念她。如果当初不是她陪伴自己,他完全不知道自己该怎样度过那段煎熬的日子。他以为那就是爱情,至少“回车键”应该算是精神上一直陪伴自己的恋人,只是故事尚未来得及展开。

再也联系不到“回车键”，他发现自己没有想象中的脆弱，“回车键”在他脑海里多次堆砌形成的美好形象也越来越模糊。这时，他才恍然大悟，在首都这座城市，初来乍到的年轻人大都茫然无助，特别需要一位能说话交流的朋友，而他和“回车键”只是在孤单寂寞时最能相互安慰的陌生人，甚至连朋友都不算。“回车键”连招呼也不打就更换手机号，悄然离开自己，说明她比自己早些成熟，变得更加坚强，更能经受住这座繁华城市的洗礼。

那段给他无数精神支持，同时带给他甜蜜的日子，只是杜明宇人生路上一段注定没有结果的插曲，虽然他当时感觉很幸福甜蜜，两个人经常相互取暖，相互汲取前进的力量，但那一切绝对与爱情无关。

■ 抹口红的男生

北京的夏天多雨，天气沉闷。出去工作一天，就会感觉身上黏糊糊的，像涂了一层胶水，心里也好像压了一块石头，有点喘不过气来。

一大早就接到阿杰的电话，说要到我这里住两三天，我心里不禁有些为难。我们虽然是老同学兼老乡，又都在北京，但因为工作不同，平时很少能见到面。我为难的更主要的原因是，阿杰比我混得好。当我还是一个在校学生时，他就离开校园去实习、去锻炼了，每次他回到学校都一身名牌，拎着数千元的皮包，而且只要大家聚会，总是他主动买单。我在他面前有些自惭形秽，毕业一年多了，我依然在一家杂志社慢吞吞地混着，而他已经签约一家影视公司，频频在荧屏上露面。

尽管如此，但想到阿杰多次请我吃饭，如果这个要求我都不能答应，实在太不够义气了！阿杰说来就来了，一见面我吓了一跳，他真是太瘦了，和以前判若两人，他以前做模特时经常健身，有一副好身材，算是标准的型男。一聊才知道，这都是由于拍戏的需要，美男子在娱乐圈太多了,他没有竞争力,于是他的公司就逼迫他减肥。看着他瘦长还略显驼背的身躯,我的心里开始有点不是滋味。好在他并没有感觉到什么不好,由于自己的努力,他在老板面前还是比较吃得开的。

晚上,我买了一个西瓜,两人边吃边聊。他跟我说起了梦想,希望有一天能成为家喻户晓的大明星。听了这些话,我有点激动,我一个人在北京漂泊,平时说得上话的同龄人不多,能与人谈论梦想更是妄想。我觉得自己似乎早已忘记这个有温度的词语了,那天我们聊得很晚。我边聊边从网上搜索关于他的信息,有些资讯让我惊叹不已,没想到他与成龙还有过合作,虽然只是一个配角,但毕竟露了几次脸,而且还和大明星面对面交流。

第二天四点多他就起床了,洗了洗头发便出门了。我也出去采访,忙活一天。到晚上十点多钟他还没有回来,因为考虑到小区门卫会把他拒之门外,所以每隔半小时我就问他什么时候回来,他每次的答复都是还在忙。我在等待中沉沉睡去,醒来时发现他已经睡着了,似乎很疲惫。天亮时他还没起来,他告诉我导演给了一上午休息时间。我上午忙完采访,下午路过黄渠,忽然想到阿杰的剧组在附近,于是给他打了个电话,他听说我要去探班,似乎有些犹豫。

“恐怕你不识路,剧组不太好找……”阿杰吞吞吐吐。可我并没有注意到他的为难,而是再三要求去玩玩,由于我经常外出采访,自以为在北京找个地方的能力还是有的。禁不住我的软磨硬泡,他终于用短信发来了剧组所在地。我根据他提供的地址，很快就找到了影棚。当时天气比较热，很多人都在休息，这是我第一次前往正规影棚，对一切都很好奇，看到什么都想碰碰。由于我背着相机，剧组工作人员也没阻拦询问我，我就边瞎溜达边寻找阿杰。就在我快要逛完时，忽然一个穿着长裙子的“短发姑娘”冲我笑了一笑。我刚要回以一笑，猛然觉得对方特别面熟，而这个“姑娘”似乎有点不好意思，我不禁一愣，难道我和她认识？没想到她竟然走过来招呼我：“老同学，来这边！”

一听声音，我全明白了，原来这个穿着长裙子、抹着口红的“美女”就是阿杰！我惊愕不已，没想到高大、帅气的阿杰竟然是这样一副装扮。我再次打量他，发现他还真有点女人味，长腿下面踩着一双灵巧的高跟鞋，胸部也不知道垫了什么东西，高高隆起。如果在街上见到这样的阿杰，我一定认不出他来。他的同事招呼我坐下，而化妆师继续给他化妆，他的旁边还坐着两个和他一样的男孩子，都是怪模怪样。

天气炎热，仅有一台风扇吱呀吱呀转动，化妆师一边工作一边嘟囔，似乎在抱怨天气太热。确实，其他人都在休息，只有几个小演员和化妆师还在加班，由于老是出汗，刚化好的妆很快就花了，化妆师更是气呼呼地发脾气，而阿杰始终一言不发，似乎懒得和化妆师争辩，也似乎是我在旁边他不便发作。不多久，导演过来了，看到他们还没化好妆就骂了起来，阿杰他们低着脑袋而且唯唯诺诺地向导演说着好话。我实在坐不住了，没想到一向光鲜亮丽的阿杰竟然也有这样一面，我们同学眼中混得最好的阿杰竟然会变成一个任由别人摆布的小丑！我突然觉得心里很难受，也知道没有背景的年轻人想混得好特别艰难，京城虽然成名的机会多，但道路也比二线城市走得艰辛。

看到他们忙碌起来，我立即找个理由离开了，或许是因为我和阿杰熟悉，所以不禁为他鸣不平，可我也无可奈何。那天他依然回来得很晚，但不知为什么我俩竟然没有聊天的欲望了，他躺在我身边翻来覆去，我知道他也失眠了，他似乎有很多话要跟我说，也似乎有很多话都不愿意说。

我躺在床上静静地望着天花板，这狭小逼仄的出租屋，像蒸屉般闷热，由于没有窗子，不但没有风，而且没有光。这里的夜比乡村的夜更黑、更暗，也更加令人压抑、窒息。

我多么怀恋家乡繁星点点、清风徐徐的夏夜啊！

小江的官亲戚

冬天的脚步越来越近，让依然习惯在阳台上享受舒适秋阳的学生们猝不及防，严寒虽然还没有到来，但零星的霜花已经使我们惶恐不安起来了。与之同时到来的还有大学的毕业考试，它增加了那些用闲适耗费了三年光阴而一事无成的学生的不安。正当大家为实习与就业着急的时候，只有小江气定神闲，他俨然一位俯视战场、胸有成竹的大将，对未来战事的走向了如指掌，就凭这份气场，已经让我们其他人惭愧汗颜、刮目相看了。

小江与我是同乡，都是从农村走出来的，到了大学有幸再次成为同学兼室友。因为他的父母想要一个儿子，所以一直等他出生才停止继续生孩子。他有四个姐姐，都已经结婚。小江虽然和我们年龄相仿，但他的父母比我们的父母大十几岁。他的爸爸年轻时当过兵，退伍后被沉重的生活压力折磨，原先强壮的身板已变得如同枯树，一点也看不到生机与活力。

大一的时候，小江的爸爸曾来送小江上学，那是他退伍多年后第一次出远门。读高中时我找小江玩耍曾见过他一面，那时他的头发全白了，一双手瘦得皮包骨头，瘦瘦长长的身板，走起路来一晃一晃的，很让人担心他的骨头会不会散架，只有那双眼睛似乎还存有年轻时的一点风采，但那风采又若隐若现，让人难以确定。分好宿舍后他和其他的家长在一块聊天，显得很兴奋，精神面貌和几年前见到的完全不一样。他的声音洪亮，说话很有气势，其他原本身材伟岸的家长在他那已经驼起的脊背面前似乎都直不起腰来。

因为他的影响，连我们的父母都情不自禁地把小江默认成我们宿舍的老大，小江呢，豪爽、仗义，确实有一点魄力。无论我们中哪一位被欺负了，小江总是冲到最前面，扮演着他应有的老大角色，刚开始大家都很佩服他。

凭借人气，他很快当上了班干部，继而进入学生会，一跃成为班主任、老师的得力助手。学校文艺队美女很多，小江在对美女的品鉴上显然比我们经验丰富，他十分希望进入文艺队接触更多的女孩子。他自认为歌唱得不错，唱歌也属于文艺范畴啊！加入文艺队在他看来是理所当然的事，但他却碰了壁。事情是这样的，凡进入任何一个社团都要走一个考核程序，文艺队的考核就是面试。由于刚开学时他如鱼得水一般，一切都很顺利，所以面试时说话未免狂野了些。刚来到面试席，他就直截了当地说："我一定能通过考核，说实话，在唱歌方面本校能让我服气的暂时还没有。”他的开场白刚一结束，台下的学长、学姐们的脸色就立马晴转多云。由于从小被父母溺爱，习惯了被别人众星捧月般呵护着，此刻，他竟一点也没有觉察到别人的感受，依然在台上自我感觉良好地说着，表现得非常张狂，令台下所有人都无法忍受。

那次考核一共有两百人参与，结果令人意外，从来没有哪一个社团的门槛这么低，几乎是来者不拒，而优秀的他却落选了。或许这是社团干部故意为之，给他一个小小的教训。这个面子丢得太大，让他一度无颜抬头。

我们原以为他会想不开，事实证明他没有沉浸在痛苦里不能自拔，而是积极寻找解决方法。那天下午，他怀揣着一大包东西出去了，很晚才回来，喝得醉醺醺的。第二天他就出现在文艺队合唱团里，虽然在里面只是普通的一员，但这足以让我们很吃惊。第二天，小江得意地道出了实情：“你们以为我就这样让别人看扁啦？你们不知道我昨天为啥喝醉了吧？哈哈！”小江一副得意的表情激起了大家的好奇心，“我跟学校团委领导喝酒去了。”

本来小江进文艺队已经让我们吃惊，与学校团委领导喝酒之事简直就是离奇至极。这种事情我们想都没敢想过，小江竟然做出来了，而且效果还很明显。

小江一扫之前颓废之色，扬扬得意，不时地在我们面前宣扬、卖弄他的“实力”，还习惯在一些女孩子面前故弄玄虚。当然他隐瞒了吃饭喝酒之事，很多女孩子围绕着他，让我们这些室友心里不但不高兴，而且很是嫉妒，都不愿理他。

小江的反常表现越来越离谱，甚至有些嘚瑟起来。一时间，学生中间竟疯传小江有后台的说法。我听了之后觉得可笑，一定是哪个好事者捕风捉影，乱造谣言吧？见到小江，我就提醒他："你收敛些吧，现在学校都传言你有一个亲戚是省委领导。"小江听了不以为然，反而一本正经地告诉我："什么传言？是真事，我就是有一位亲戚是省委领导。"

"小江啊小江，你怎么胡说八道呢？我以为是哪个好事者造的谣，原来是你自己胡说八道。"我心里有点不服气，说出的话带着一点情绪。

"哈哈，我难道会骗你？这是真事呢，那位省委领导王伯伯跟我爸爸是好朋友。"小江有点不高兴了。

看来小江真的是走火入魔了，他爸爸原本就是一位地地道道的农民，身子瘦得像一把枯柴，而且还属于那种不耐烧的柴火，怎么会结识省委的领导呢？我心里这样想着，但是没有说出来，怕伤及小江的自尊。

此后小江开始醉心于编造他的传奇故事，省里的某领导也成了大家的谈资。本来同学们都很佩服小江的，但是，自从知道他有位省委领导亲戚后都觉得小江这个人太霸道，喜欢绑架大家的思想，而且他喜欢站高台，无论在哪都抢别人的风头，弄得很多人都很扫兴。最重要的是，大家觉得他爱慕虚荣，傲气十足。

小江似乎有所察觉，于是决定给我们好好讲讲那位亲戚的故事，以此证明他说的是实情。那位省委领导跟他爸爸是部队的战友，一起参加过对越自卫反击战，小江的爸爸曾救过那位省委领导的命，二人因此结下深厚的友谊。后来小江的爸爸有一个提拔晋升的机会，但由于小江的奶奶突然病危，所以接到通知后，他爸爸就主动放弃了，把机会让给了那位战友。没想到多年以后，原来的老战友变成了省里的大领导。我们都不自觉地回想起了小江的爸爸来学校的那天，虽说他身体不好，但那份精气神倒像是在部队锻炼的。我们对小江的官亲戚之事，不再像以前那样半信半疑了，但心里老觉得有个疙瘩。

大家对这事的兴趣渐渐淡化了，只有小江没有，时不时地站在人员聚集的地方高声打电话，嘴里经常会蹦出“省政府”“王部长”“部长伯伯”“请领导放心”之类的字眼，常常让周围的学生惊讶不已。

最震惊的就是我们宿舍的人了，因为他经常在宿舍床上给“各位领导”打电话。不仅如此，每逢周三下午没课他都要外出一趟，回来的时候春风得意的。他去了省政府，找得最多的当然是他爸爸的战友“王部长”。他经常被“部长伯伯”留下吃饭，部长对他的学习与生活十分关心、体贴，经常鼓励他，有时候还会让他带回点问候给我们。这越来越显示小江的官亲戚确有其人。我们都很羡慕他，巴不得自己的父亲早年当兵，也有这样一个当官的战友。在众人心里，小江已成为学校的神话人物。就连学校领导都被惊动了，在例行检查宿舍的时候，看小江的眼神都与看别人的不同，亮亮的，泛着光彩。

另外一件事情就是小江身边的女孩子特别多，让我们干巴巴地眼馋。小江常常跟不同的女孩一起吃饭玩耍，有时候，即便是上课时间也去约会，致使任课老师需要找班长时只能由学习委员代劳。小江听从官亲戚的话要学会开拓自己的人际关系，结果课程耽误得太多，考试的时候好多问题都不会，眼看着要挂科，或许是他的后台出面了，分数下来，他的全是亮闪闪、令人眼红的九十多分。这让我们明白了，现在这社会有人好办事。

如果说有一件事让我们全部相信小江的传说，并且绝不会质疑的话，那一定是官亲戚王部长现身的事情了。由于学校要参加评估，省委领导前来视察，恰好来的就是传说中的王部长，王部长在视察之前，特别提出了要找学生代表谈谈话。学校对这件事很重视，经过调查研究，确定了由小江作为学生代表跟领导见面。

当日下午省委领导的车缓缓开进校园，新闻系许多学生拿起相机追随过去。省委领导下了车，先视察了整个学校的大环境，然后朝教学楼走去。我们跟在后面看热闹，这时候小江带领几位学生会干部冲上前来，他一下子抓住了王部长的手说：“王伯伯，终于把你盼来了。”

一声“王伯伯”喊得院长和书记都吓了一跳，他们不由得对小江多看几眼。王部长非常慈祥,说话很温和,笑着对小江说:“同学,你很优秀啊!”虽然王部长的话里并没有挑明两人之间的关系,但据学校有名的“江湖人”推测,这是为了避嫌,我们听了深觉有理。

经过这件事,小江的名气更大了,无论走到哪里,都有仰慕的目光追随。虽然他沉迷于文艺队,很少来上课,但学校各类先进表彰总少不了小江的份儿。他就这样顺风顺水地在大学校园里度过了风风光光的四年。

转眼之间,已经接近毕业,同学们都在为找工作单位的事发愁,小江一副满不在乎的样子,让人很羡慕啊。大家知道,他的部长伯伯一定会给他安排一个好工作。

但是一连过了半个月,我们差不多都找到了工作,小江依然在宿舍里闲着。众人猜测可能是单位太多了,一时不好选择。确实啊,这段时间他每次打完电话都会说起工作之事,不是省报社就是省电视台,全是一些让人眼红的单位。因为好单位这么多,所以选择起来必定会犹豫再三。

就在小江犹豫不决的时候,他的爸爸打来了电话,说小江如果没找到好工作,就赶紧回县电视台上班,县电视台很缺人,更需要小江这样优秀的学生。小江为这事跟他的爸爸在电话中吵了起来,无论如何他是绝对不会回到小县城的,他在学校赫赫有名,谁不认为他应当有个好工作?他绝不能比别人差。

这时候我提醒他:“你的伯伯怎样给你安排的?要不你这几天找找他?”

“是该用到他了。”小江一副无可奈何的样子,“我其实不想去麻烦他,想凭自己的实力找份好工作,但是最近找到的一些单位都不满意,看来只能这样了。”

“要不,你也带我去看看?”我来省城读书,从来没有去过省政府,每次从那儿路过看到威严的武警站在门口,心中肃然起敬,不敢贸然进去。既然小江要去,跟着他进去体验一下也不错。

“但是……”小江显得极为犹豫,说话吞吞吐吐的,“王伯伯不认识你,冒昧带上你恐怕不太合适吧?”

“没事,你就把我带进大院,我随便逛逛,不去见领导。说实话,我的胆气修炼得还不够,恐怕见到领导腿抽筋。如果这样你都不愿意的话,就太不仗义了。”

一说起“仗义”这两个字,小江就不再坚持了,跟他相处几年,我简直成了他肚子里的蛔虫,他那点心思我全都知道。他就怕有人说他不仗义,这两个字他看得特重。

我们决定第二天出发,出发时我又有点犹豫,因为之前只是一时冲动才想着去看看。睡了一夜后我想想,政府不比公园,不能随便乱逛。但如果这时候退出的话,小江一定会笑话我,所以我只好硬着头皮上了车。

小江一路上沉默着，不怎么跟我说话，或许他正在思考怎样跟王部长开口，我也不去打扰他，我俩一路沉默着。

很快到了省政府大门口，小江再次提醒我不能跟着上楼，以免造成不好的影响。小江很快消失在楼梯口，我在那里无聊至极，又不敢给小江打电话，怕影响谈话，只好一个人四处走走。我在一个风口观看一只蜘蛛努力地缝补被风撕破的蜘蛛网，它每补好一处，别处就会出现一些破痕，蜘蛛四处忙碌，显得很疲惫，我看了半天也觉得乏味。

时间过了很久，小江还没有下来，我决定上去看看情况。哪怕偷偷瞄一眼，只要确定他还在，我便会安心许多。按照小江之前的描述，我很快找到了王部长的办公室，王部长正在阅读文件，旁边还有一个秘书等待他签字。小江呢？他正在靠墙的一个长椅前站着，不敢抬头，完全没有他在学校里的那种活跃与激情。我匆匆扫视一眼，赶紧走开，走到一个楼梯口停了下来，站在那里恰好可以看到王部长的办公室。

我与办公室的距离并不是很远，甚至里面打电话的声音我都能听到，偏偏没有听到小江说什么。过了一会儿，小江出来了，一看他那失望的神情就知道绝对没戏。他一出门就看到了我。不知为何，他似乎显得很惊慌，我跟着他下楼梯的时候，他一直不说话，脸涨得红红的。出了省政府大门，他的脸色才恢复了一些。

他没有跟我说具体谈了什么，只是告诉我王部长很忙，回头再说这事情。我要和他赶车回学校，他非要在市里请我吃饭，这不太符合他的风格。他很少在市里请男生吃饭的，而我绝对不是女生。

吃饭时，小江一副欲言又止的样子，聊了很多闲话，最后跟我说："兄弟，求你一个事，回去的时候告诉他们，是王伯伯留我们吃饭了，行吗？"我心里不禁犯疑，小江在我心中的形象似乎不真实、不确切。或许他们之间也没有亲戚关系，一切只是小江的一个梦，他今天根本没有提到找工作的事情，只是聊了一下天，比如说那天接待的一面之缘。也或许他们确实是亲戚，只是小江学无所成，工作实在不好安排。具体是哪样，我也说不清，或许都是，或许都不是。

回去的时候，我按小江的嘱咐帮他圆了一个谎，但小江在我心目中的伟大形象一去不复返了。晚上，小江十分安静，显得很落寞，再也没有给别人打电话。他跑到阳台上，一个人面对漆黑的夜色，默然无语。

我也到了阳台上推开窗子，坐在他的旁边。他正盯着零落的星子，显得很痴迷。过了许久，我开口问他："下面打算怎么走？"

他想了很久："我决定一个人去北京闯闯，那里机会多。"

"到北京有具体方向吗？我刚找到一家出版社，要不一块吧？正好可以拼租，缓解经济压力。"

"不了，我不想做那样的工作。"小江说这话时很沉重，"我想自己好好闯一闯。"说完，他还有气无力叹了一口气。

“经过几年的大学生活，我也比以前成熟很多。”虽然小江的语气再次令我意外，但我已经不喜欢把秘密与人分享，反而很理解他。

临近冬天，夜晚很冷。我和小江在阳台上坐了一会儿就受不了，夜色里好像有晶莹的东西在闪烁，难道是下雪了吗？但愿这美丽洁白的雪花能带给我们多一些诗情画意，少一些凛冽与残酷。

可怜我家一头牛

夕阳西下，清风拂面，弯弯的村路，斜阳缓缓落下。道路两旁，翠绿的庄稼像一个个充满活力的孩子，让人们感受到希望。我背着书包踩着大树的影子往家赶去，随着一声哞叫，一头健壮的牛犊撒开四蹄，扭着屁股飞奔而来。来到跟前，它轻轻地蹭我的双膝、扯我的衣襟、吻我的手心手背，口里呼出的青草气息令我醺醺欲醉……每次从梦中醒来，我都是满脸泪痕。

我家喂养过几头牛，但给我留下的印象最深的莫过于“可怜”了，“可怜”是牛的名字。在村里，给牛起名字，我家还是第一个。为什么给它起这个名字？是因为它一出生就成了孤儿。那个深夜，天下着大雪，牛妈妈在堆草料的屋里产下它，由于发现较晚，牛妈妈流血过多而死。它躲在草料旁冻得瑟瑟发抖。夜间父母听到动静，忙赶去察看。妈妈连忙拿了件破棉被包住了它，同时请来了兽医。

大雪给大地披上厚厚的银装，同时也把人间无数的不幸掩埋。等次日中午我放学归来，妈妈正在用碗给小牛喂稀饭，它是那么弱小，不会舔食，总是把稀饭弄洒，把碗碰倒。妈妈十分着急，见我回来，就让我帮忙，妈妈用手摁住它的脑袋，我用碗往它嘴里倒食物，它才勉强地吃下去。就这样持续了一个多星期，加上兽医常来给它检查身体，它总算保住了性命，不过十分瘦弱。

等小牛能站立时，我们家经过讨论，决定给它起个名字，鉴于其身世，我们就直接喊它“可怜”。从此，这个名字深埋于我的记忆，给了我无限温馨、美好、甜蜜而又伤感的回忆，可怜的故事伴随我幸福的童年。

可怜由于没有母牛喂养，所以经常处于半饥饿状态，精神萎靡不振，身上的皮毛不太光滑，一团团聚在一起，尾巴格外细小。

邻家有个三岁女孩，每天坐在门口拿着奶壶吸吮冲泡的奶粉，我看到后提议给可怜也买一个奶壶，父母没有同意，我决定自己想办法。

于是，我只要看到邻居小妮坐在门口，就把外婆买给小妹的布娃娃抱出来。当时农村小孩最流行的玩具是布老虎，布娃娃是很少见的，因此受人喜欢。我抱着布娃娃像哄孩子一样在她面前晃来晃去，还不断地哼着催眠曲。果然如我所料，小妮坐不住了，缠着我要抱一抱，当一当“妈妈”。我佯装犹豫了一下，极不情愿地说：“抱一次，你的奶壶就要给我用一下。”结果她每天一大早就抱着奶壶到我家玩，我唤出可怜，把灌上稀饭的奶壶塞到可怜的嘴里，可怜吃得很来劲。有时候等可怜喝完，我再给它盛满，可怜一直喝得津津有味。如是几次，妈妈看见了，就上街专门为可怜买了只奶壶。

除此之外，我家有头母羊刚刚生产，奶水充足。我把母羊扳倒让可怜吃奶。母羊开始有所反抗，后来见到可怜就主动卧倒在地喂养可怜，俨然一对母女。母羊走到哪里，可怜就跟到哪里。母羊在河边吃青草，可怜就卧在一旁傻傻地看着。

可怜渐渐地长大了，但是因营养不良，走起路来不太稳健，后腿略有一点摇晃。别的牛犊四蹄蹬开奔跑如风，可怜奔跑时一颠一颠的，整个后半身像跳舞一样。为了看它“跳舞”，我常常在后面追逐。转眼之间，可怜已经半岁了，它能听懂我的话，可以准确无误地按照我的要求伸出蹄子“握手”，可以根据口令“站立”或“卧倒”，有时候还很调皮地给我“跳舞”。

村里很多小伙伴养了小猫和小狗，时常带它们到空地上玩耍。我虽没有宠物，却有可爱的可怜。

在一个阳光明媚的早晨，一群孩子忽然放下手里的宠物，张大嘴巴看我威武地骑在可怜的背上，高傲地走在村路上。面对庞然大物，伙伴们的小猫、小狗一下子全吓跑了。大家都很羡慕。我便从牛背上一跃而下，命令可怜给伙伴们“跳舞”。小伙伴们全惊呆了。最调皮的阿强跟我商量想骑一骑可怜，我没有答应。我的可怜怎能随便让别人骑呢？况且可怜也不一定同意呀。为了能在伙伴面前闪亮登场，之前,我曾多次在无人的地方,从可怜的背上摔下来,膝盖现在还隐隐作痛呢。

每到星期天,我都会带着可怜到田野逛逛、到林子里耍耍。有时候我上学它就跟在后面,为了摆脱它,我不断地把它往回赶,可是它还以为我在跟它打闹呢,往回小跑一阵后,还偷偷地回过头来看我追上它没有。有好几次它竟然偷偷地跟到我们学校,有一次还进了我的教室,引起一阵骚乱。由于常常到学校捣乱,一阵被校长追上狠揍了一顿,半个多月,走路都是一颠一颠的。不过后来大家都知道那是我家的牛,就不打它了。

我们家每个人的脚步声,可怜都能分辨出来。其中我的脚步声可怜分得最为清楚,每次我放学走到村子桥头,离家还有几百米远,可怜就飞奔而来,欢快地跳着"舞蹈"迎接我。

同桌阿飞家里比较有钱,头发梳得很亮,上面还抹点油,女孩子很喜欢跟他玩。我问他头上抹的是什么东西,他告诉我是摩丝,我闻闻很香,摸一摸手心滑滑的。可怜进校后,阿飞经常找我玩,因为他喜欢看可怜"跳舞",觉得很可爱。我心里很不愿意,因为我也想弄他那样的头发,可是我没有钱买摩丝,而且农村也买不到。有一天妈妈让我去家中井沿旁压水,过会儿她去提。我看到水就把头发弄湿,搞个偏分头,可是水一干头发就不顺了。于是,我反复地把头发弄湿润,用手来回地拨弄,可怜看我在那总是玩水,它也跑了过来,把鼻子沉到水盆里逗我玩。

春天到了,村里的各种树开着五颜六色的花朵。可怜的身体也比以前健壮多了,浑身上下洋溢着青春的气息。但是它开始不安并经常躲起来。

又到了购买种子、化肥的季节,村子里的人忙于耕种,纷纷去筹款。邻居小明家的羊被镇上屠户牵走了,小光家的鸡鸭被卖掉了,小辉家的粮食进了收粮人的仓库……一时间,整个村子上空都布满了勤劳的气息。只有爸爸的脸上布满了愁云,作为一位乡村教师,他没有多余的土地,微薄的工资很难养家糊口。人们说牛是能看到自己的命运的,可怜这几天非常忧郁,或许它预见了自己的命运将发生变化吧。

我家是村里最穷的一户,我亲眼看到天上有一块压得人喘不过气来的云像一位不速之客飘到我家。我每天上学时都很担心可怜,我让爸爸把它锁到屋子里。可怜不愿意这样,就在屋里蹭门,着急的蹦跳声一阵接着一阵撞击着我的心扉,让我几度落泪。

该来的还是要来的,谁也无法抗拒命运的安排。上午上课时我心里隐隐不安,一放学就飞奔回家。

面对家中低矮黢黑的房子,几棵树干顶着东倒西歪的屋墙,还有家里空空如也的粮囤,父母终于开始打可怜的主意,可是可怜跑到田野去了。实在没办法,眼看其他人家种子都已播下,化肥也已购买,春耕就要错过。晚上一家人都没有心情吃饭,妈妈的泪水早已把脸颊打湿。夜已经很深了,逃跑出去一天的可怜还没有回来。妈妈这时候正拿着牛绳发呆,我听见村外可怜一声声沉重的长鸣,回荡在茫茫暗夜里。

正当我们唉声叹气的时候,门外忽然传来一声悲怆的哀鸣。“可怜,可怜,是可怜回来了!”我连忙飞奔出院子。果然是它! 可怜不是被卖到二十多里外的村庄了吗? 它怎么回来了? 这时候我忽然发现可怜的脸上有很多血,买家给它穿鼻环,它居然把自己的鼻子撑破,硬是忍受巨大的痛苦找回了家。我不知道这一路它是如何找回来的,也不知道它是如何在陌生的村子里进行心灵的呼唤的。

见到我,可怜一下子扑到我的怀里,它的呼吸十分沉重,鼻孔还冒着血,我分明感到它的颤抖、它的痛苦。可怜不住地蹭我的胳膊,就像一个刚从战场上撤退下来的战士,已经心力交瘁了。

我抚摸着它的额头,原来它的眼睛湿润了。我也忍不住落泪了。爸妈站在我的身后伤感至极。可怜在我家生活了大半年,它就像我们家的一分子,它的离去,怎能不令我们伤心难过呢?

这时候买牛的户主跟来了,手里拿着根绳子,见到我的家人就慌忙递出香烟:“这牛脾气可倔呢! 从来没见过这样的牛!”说着,就去拿绳子拴可怜的脖子。我紧紧地抱住可怜,求我的爸妈:“不要让那人把可怜弄走,让可怜留下,我可以不上学,把我的学费省下来……”我已经哭成泪人儿。我不知道该怎么办,我只知道我要抓紧可怜,不要让人把它抢走。

来人看到这种情况，讪讪地说："孩子重感情，就让它多留一会儿吧。"可怜听了这话，灰暗的眼睛忽然亮了起来，它一跃而起，在众人面前扭起了身子，跳起了"舞蹈"，它的腿很有节奏地击打着地面，浑身上下都在扭动，它似乎不是一头牛，而是一个真正的舞者，这也许是它一生最后一次"舞蹈"。此时，院子里静悄悄的，只有可怜自己在动、在发狂。它跳了一阵，随即把两条前腿跪到我的面前，然后慢慢站立起来。我看着它被来人牵着脖子带走了，它那单薄的背影消失在乡路尽头。

也不知道可怜最后的命运怎样，我始终相信它是一头上天派来的神牛。或许可怜已经失去了"跳舞"的本领和淘气的性格，或许它整日在田野上拉着沉重的犁耙，或许……它会不会在寂寞无人的夜晚遥望窗外满天星星思念我呢？不过我还是愿意相信买牛人临走时说的那句话："我会善待这头牛的！"

此后，我家多年再也没有养牛。

走在乡村的道路上，村路依然弯弯，庄稼茂盛，乡风从耳旁擦过。小路尽头隐隐传来一声哞叫，我仿佛看见一头小牛撒开蹄子，一跃一跃地朝我奔来，那是我家的可怜吗？我看不清楚。

一只天鹅

启明星挂在天上,县委宣传部的王主任还没有从昨夜写作的疲惫中睡醒,电话铃声响了起来。

电话屏幕显示的是老家村民徐老二的号码。这个徐老二有点文化,最大的特点就是点子多,有时爱耍点小聪明,村民们有什么拿不定主意的都喜欢找他商量。

这么早就打来电话,难道村里又出新闻了？不然不会吵得让人无法睡觉。

“王主任,我给你报个喜!”电话那端,徐老二兴高采烈地说道。

“报什么喜？我看是你又想使什么歪招吧?”王主任半开玩笑道。

由于二人同乡,年龄相仿,辈分一样,所以徐老二跟领导说起话来比较随便,没有丝毫的拘谨。

“今天早晨起来,我家院子里落了一只受伤的天鹅,这是国家保护动物,我想献给政府……”徐老二话匣子打开后,滔滔不绝。

凭着新闻敏感性，王主任觉得这是一个环保新闻的看点，宣传一下，有利于提高村民爱鸟护鸟的环保意识。主意一定，王主任立即安排徐老二，一定要把天鹅照顾好，自己马上协调林业局和新闻单位等部门人员回去看看。

这个徐老二为人精明，从来没做过什么好事，为何今天这么积极？王主任心中有些疑惑，可是他想到人总是会改变的，更何况这几年他亲自动笔，在自己的村接二连三推出了十几位道德模范，还到市里、省里领过奖呢。随着各级媒体纷纷走进王庄村，经常报道王庄村的好人好事，或许是媒体的推动，王庄村成了远近闻名的好人村，好人好事在这里蔚然成风。徐老二毕竟头脑灵活，渴望出名实属正常。

不大一会儿，县电视台的李记者赶过来了。王主任告诉他要等林业局的领导过来，一同去乡下看看。

李记者是王主任的黄金搭档，每次和王主任下乡做的都是独家新闻，因此俩人的关系很不一般。李记者冲着王主任笑道：“王哥，听说你们村又出新闻了，哈哈，果然是一方水土养一方人啊！王主任的家乡净出好人好事……”

王主任颇为得意地笑道：“俗话说，一个巴掌拍不响，那还不是靠李大‘名记’的配合才有这个结果？”

“徐老二这家伙说话靠谱吗？要不要确认一下？”李记者小心翼翼地问。因为经常去王庄村，也经常听王主任聊一些当地的风土人情、历史典故,李记者对徐老二是有所了解的。

李记者这一提醒,王主任倒真觉得有必要再核实一下,他用办公室的电话给徐老二拨了过去。

“我说徐老二,你不是忽悠我吧?记者我都联系好了,等会儿回老家,可别让我丢人现眼啊!”王主任半开玩笑地问道。

徐老二嘿嘿一笑:“哪能呢?看到咱们村出了那么多先进,我怎么能自甘落后呢?”

说罢,徐老二又小心翼翼试探地问道:“你说我把天鹅献给政府,政府能奖励点啥?”

也难怪徐老二会这样问,这几年各级政府评选推介道德模范、行业精英,可是下了血本的,不但媒体立体宣传,为模范人物披红戴花,而且还给予奖励。

王主任笑呵呵地说:“我就知道你肚子里有花花肠子。等你成了先进典型,还愁不发给你奖励?”

徐老二听完,嘻嘻一笑:“那是,那是,靠着王主任这棵大树,我还能乘不到绿荫?”

不一会儿,林业局的赵局长来了,听说天鹅受了伤,他还从畜牧局找来一位专家。

汽车在平原乡路上飞奔,车上一行人聊得甚欢。尤其是王主任,心情格外舒畅,自己做了半辈子宣传工作,一心想通过树立典型,弘扬正能量，激发广大干群创业的激情，把家乡这片热土建设得更加美好。在他的宣传推动下，当地社会风气大有好转。能感化徐老二，对他来说意义非同寻常，他觉得自己的努力没有白费，一个字，“值”！

车子很快驶到村头，徐老二站在路边笑脸相迎。几个村民路过，看到王主任一行，热情地打了个招呼就各自忙活去了。对于王主任、李记者，村民们都比较熟悉，早已见怪不怪，没有了当初的新鲜和好奇。

到了徐老二家的院子，李记者打开摄像机，对准徐老二。

徐老二看到摄像机黑漆漆泛着油光的镜头，忽然嘴巴直哆嗦，舌头僵硬，两只手臂直直地耷拉着，无法抬起。

看到徐老二这样，王主任很是奇怪，这个徐老二不是第一次上镜了，以前每次来宣传别人时，需要村民配合说几句话，徐老二都是积极发言。可是今天，一向能说会道的徐老二怎么蔫了？

王主任骂道：“徐老二，你咋回事？咋像老母猪演讲——笨嘴拙舌？”

此时的徐老二还没有平息内心的激动，说话像山羊拉屎，碎得满地都是。“太紧张了，介绍别人的事我知道怎么说，可是一旦介绍自己的事，我就成了笨牛吃麻雀——不好开口啊！”

“我看你挺能表演的啊！”李记者打趣道。

旁边的赵局长很是关心天鹅，问道：“要不，先把天鹅带过来看看吧?”

经赵局长提醒,徐老二恍然想起天鹅,忙冲着门外玩耍的儿子喊道:“毛毛,快去把你娘喊回家,就说记者到了。”

门口蹲着的一个七八岁的黑脸小男孩答应着,起身飞快地跑开了。徐老二仿佛想起什么似的,冲着孩子的背影扯着长腔喊了一句:“让你爷爷也来,把鸟带过来给领导瞧瞧!”

孩子早已跑得无影无踪,也不知道是否听到徐老二最后抛出的那句话了。

徐老二把王主任等人邀请到屋里,用手指朝着杯子内壁挨个擦了一遍,手指灵活得像羊舌头。然后,他从床头的纸包里,捏上几片石榴叶,把开水倒进去。

徐老二做完这一切,毛毛领着他娘和爷爷来了,却不见那只天鹅。

“鸟呢?”徐老二问道。

徐老头掏出一根烟袋,慢悠悠坐在椅子上一言不发。

毛毛娘吞吞吐吐,似有隐衷。

难道出了岔子? 王主任心里咯噔一下:“早该想到徐老二不靠谱,肯定没把天鹅保护好。”

这时候,毛毛娘拽拽王主任的衣袖,示意他到外面说话。王主任感到事情不妙,不由自主地跟随她走到外面。毛毛娘眼瞅着记者,压低嗓门问:“他叔,问你个事,我家把天鹅献给政府,奖励至少有五百元吧?”

王主任一听,不自觉地点头:“要是经过宣传,徐老二评上先进,估计不止五百块……”

“那评不上先进呢?”毛毛娘打断王主任的话。

“这不好说,你让徐老二平时多努力,做点好事……”王主任引导道。

这时候徐老头猫着腰从屋里出来了,悄声问道:“大侄子,你看这样行不?你跟那个林业局的领导说说,我儿子保护动物有功,先奖励几百块钱,不管多少,中间你留一半。”

王主任一听,就觉得上当了!这个徐老二,真是胡搞!他心里忍不住升起一股怒火。

看到王主任表情不高兴,徐老头一甩膀子,光着背走出了院门,远远地似乎还“呸”了一声。

毛毛娘一下子撒泼起来:“什么玩意?我们一家人好心好意地把天鹅献给政府,难道就不发一点奖金?说不定俺上交后,有人想把奖金贪污了!”

李记者插话道:“嫂子哎,哪有这回事?你家不是要当模范吗?怎么又弄这一出?”

徐老二也不哆嗦了,朝毛毛娘屁股上踹了一脚,高声骂道:“臭婆娘!”毛毛娘骂骂咧咧地离开了。院门外,很快聚集了一大群看热闹的人。

王主任转过身来问徐老二:“你演的什么双簧戏?”

徐老二涨红了脸:“这事和我没关系,我做梦都想当模范,咋会干这种缺德事？要不你们在这等等,我去问个明白。”

说完,也不等王主任发话,徐老二就朝着老婆的背影追去。

王主任很尴尬,不知道该怎么处理,想喝杯水消消气,但他看到杯壁上还有徐老二留下的指纹,忍不住一阵恶心。院子外的村民开始三三两两地往院子里来,不大会儿就站满了院子,相互之间窃窃私语。

徐老二出去一顿饭的工夫还不见回来,这么长的时间,即便绕着村子跑十圈也该回来了,咋回事呢?

眼看着天渐渐黑下来,王主任一行正要离开,徐老二垂头丧气地回来了,他无精打采地来到王主任面前,沮丧、愧疚、有气无力地说道:“天鹅死了,已经被俺爹杀掉炖汤了。”

末了,他突然想起什么似的,又补充一句:“其实上午就死了,受伤太重,不是俺爹杀死的……”

他后面还有很多话,可是王主任已经听不清了。

随风而逝

一

深冬时刻,寒气像贪婪的劫匪一样疯狂肆虐着, 树木仿佛很怕它来拜访似的,辛辛苦苦一年搜集阳光雨露滋养大的叶片,被它搜刮得一干二净,只留下光秃秃的枝干和萧索的鸟窝,经风一吹,发出呜呜的悲鸣。就连在城市漂泊的浪子们也不喜欢这股寒气,心中的悲凉陡添万千,大都没有一点好心绪。

我有好几年没有回到村庄了吧? 心中不禁想她。这几年她的美丽与温馨只在寂静的夜晚走进我的梦中,天亮时又踩着潮湿的枕头离去。我看着冰冷的城市,忽然很想回去看看。

列车唱着温暖的歌兴奋地朝家乡赶去,把我的情绪带动得似乎也有了欢喜。我闭上眼睛,静静怀想,村里的麦田该是绿油油一片,村塘里鹅鸭嬉戏,村子上空鸟雀成群,村中间三棵每逢夏日就有蝉鸣的大柳树是不是更苍老了呢？属于村庄的春夏秋冬一一在我脑海中浮现，仿佛从没有离开过我。

几经转车，我终于踏上故乡的土地了。曾经凹凸不平、一下雨就满是泥泞的土路已变成平平整整的砖头路，远远看去好像一堵倒下的墙在脚下延伸。村庄与村庄之间的距离变得越来越短。有的老人不见了，有的老人更老了。村子里奔跑的孩童我大都不认得。最先认出我来的是同族的大娘，她一见到我，立马就欢喜地叫着，这一声喊，给平静的小村带来微微波动。

二

我爷爷有很多兄弟，他在兄弟中间排行第六。这位大娘是我五爷爷的儿媳。小时候我家里缺粮食，只有她经常会借粮食给我家，有时候我到她家里喝稀饭。因为这个，我妈妈不让我喊她大娘，而是称呼她“娘”，她每次听了我的喊叫都会欢欢喜喜地“哎”地应答一声。在我的印象中，她精明能干，年轻时是村里有名的种庄稼能手。这时候她已白发斑斑，在我面前矮小得如同河边卧倒的垂柳，她怀里正抱着嗷嗷待哺、只知道哭闹的孙子。

小时候，她对我有恩，我时时铭记在心里。听到她喊我，我心中立马涌出许多温暖。七年前，我离开村庄到县城，然后又从县城到省城，这几年乡村的变化真的很大，我对乡村的记忆大多来源于童年。

大娘家还算殷实，很早就知道做生意，在村里开了一个经营油、盐、酱、醋的小商店，既方便了离集市较远的村民，也能挣些微薄小利。有时候附近的村子搭台唱戏，她会批发一些麻花、糖果早早赶场，盼望着跟随大人前来凑热闹的孩子，这样便可以多赚点贴补生活。尽管有时候，没少费工夫，且利润微薄，她也会去干，总之不愿闲着。

大娘非要让我去她家坐坐，我只好从命。还没到她家就先听到猪哼哼直叫，声音大得惊人。正当我惊异的时候，大娘嘿嘿笑道："这几年天灾不断，庄稼收成不好，就把后院改建了，养了十几头肥猪……"话音未落，一股猪屎的臭味随风飘来，把我熏得够呛。

她的孙子很怕生，见到我也不敢说话，任凭大娘如何教导也不敢到我面前来。没聊几句，大伯就回来了，他心情似乎不是很好，见到我不太热情，微微点头就进了屋。他刚从田里回来，不一会儿就听见他对着大娘埋怨天气："今年的庄稼怕是又不行了，一连几年都是大旱，庄稼都渴得嗓子冒烟，怎么会有好心情给你长粮食？"说完大伯重重地叹了口气。

大娘转过头来问我："你到城里上了几年学，该学到好多东西了吧？看来今后就可以当大官了，不用在田里啃泥巴……"

我不禁有些羞愧，这些年大学生想在城里立足十分艰难。但是当她这样问时，我也不方便说出在城里面临的窘境，只是讪讪地应答着。

"你也该找媳妇了，村里像你这么大的小伙子早就结婚了，有的孩子都上幼儿园了。”

“不急不急，我现在还年轻着呢。”

“啥？怕不是眼光太高，看不上一般的姑娘吧？后村的服装厂老板张百万的女儿现在可还没找到婆家呢……”

眼看着大娘越扯越远，我立马改变了话题：“五奶奶最近身体还好吧?”

五爷爷几年前去世了，剩下五奶奶还住在老房子里。前些年，两位伯伯想把五奶奶接进新房子，与他们住在一起，可是五奶奶怎么都不愿意，她要守着老房子，那里有她生活的痕迹，她难以割舍。五奶奶有两个儿子，大儿子一直守着庄稼，二儿子外出打工，常年不在家，如今老得不中用了，又回到了村庄。现在两位伯伯的子女都已成家立业，各有几对儿女，家务事也很烦琐。他们一生的精力都被儿子们的婚事耗费得一干二净，如今已经九十多岁的五奶奶还住在破旧的老房子里，这时候他们即使想给五奶奶盖新房也没有能力了，他们的房子已变成儿子的房子，自己的住处马上也成为问题。

三

我从大娘家出来后直奔家中，院子疏于打理，长满了枯草，里面藏有几条小蛇，院墙也塌了一半，完全不是我记忆中的样子。父母现在都在县城租房住，妈妈在一家企业上班，每天很晚才回来，所以只好和爸爸在县城租了一套小房子。听说我回来了,他们请了假,第二天也都回到了村庄,很快把院子收拾干净。村子里已没有多少人了,很多房屋房门紧闭,健壮的村民基本上都外出谋生去了,留给乡村的只有一些老人、儿童和一个个凄清的夜晚。

我早早吃过晚饭,捧着顾城的诗集在村子里溜达,越走越失望,就连村子里盛产鲤鱼的大池塘似乎也为了渲染气氛,塘底朝天,张开大大的嘴巴无力地望着天空。池塘里一滴水也没有了,塘底长着各种野草,几只脏兮兮的鸭子在草丛里穿梭,似乎在寻觅水源,但它们总是失望。

我记忆里美好的村庄呢?怎么变成这样子了?我千里迢迢特意赶回来,你为何给我展现一副可怜兮兮的羞容呢?这时候,手中的诗集,我再也看不下去了。

我从村塘西头走到东头,东头的小沟里堆积着厚厚的猪粪,一些不知名的草变异地生长着,小时候刚好漫过脚踝的狗尾巴草现在竟然比我的个头还要高,粗大的穗子须仰视才可见。我情不自禁地又走到大娘家,堂哥居然也在,像他这个年纪的中年人大都在城市打工,他却例外。他颇具大娘的聪明,几年前在小镇上开了一家店,收入竟然跟外出打工差不多,并且还多了一份安定。他见到我很惊奇,放下手头的活计,面对我道:“你怎么这时候回来了?不会在城里不好混吧?晚上到我家喝酒!”

“呵呵,那可不是,最主要是因为想大哥了呗,才回来看看的。”我开玩笑道。

堂哥似乎对我的回答很满意,心情特别好。

我见他手里拿着一把钳子,就问他:“这是准备干吗呢?”

“咱奶奶家的电线坏了,夜晚黑漆漆的,她那么大年纪不方便,看着奶奶受苦,做孙子的心里能踏实吗?”堂哥边说话边寻找着什么。

“大哥可真孝顺呢!”我不禁夸赞他。

“咦?”堂哥的语气似乎很意外。不等我发问,他就接着说道:“柜子里的电线怎么不见了? 我记得一直在这里啊。”

柜子里有很多扳手、胶带,各种钳子、螺丝,还有无数小零件,偏偏没有电线了。

“得了,看来要找别人借了。”堂哥说这话的意思是他要出去,我很知趣地起了身。

“兄弟,晚上在家等我啊,咱们一块喝酒。”走时堂哥再次招呼我道。

天渐渐地黑了,爸爸和妈妈出去串门还没回来,堂哥也没了消息,我又不好意思到堂哥家问,只好在屋里翻看一些从城里带回来的书报。村子中间隐隐传来高一声低一声的犬吠,似乎有人在吵架。

很晚,爸爸和妈妈才回来。看他们的脸色,似乎刚遇到烦心事,一问方知原来是劝架去了。事件的主角竟然是邀请我喝酒的堂哥,接连被牵扯进来的是很多族里的长辈。

我连忙向爸妈打探消息，爸妈也是语焉不详，好像是堂哥把二娘给打了，然后二娘不肯罢休，让二伯为她出气，结果二伯和大伯之间发生了摩擦。族里几位堂伯随之出面调解，还有像我爸爸这样年龄小一点的同辈做见证人。问了爸妈才知道，矛盾是一截电线引起的，堂哥要给五奶奶修线路，于是到二娘家借电线，二娘不但不给，还打了五奶奶。堂哥看不下去，于是就把二娘打了一顿。这听起来简直荒唐至极，二娘居然如此蛮不讲理，一截电线不借也就算了，居然还把九十多岁的婆婆打了一顿，简直是秃子打伞——无法无天。这件事不用说，公理不在二娘家，族里的长辈们一定会处理好的。然而事情却并非我想象的那么简单，第二天下午，二娘的两个儿子和一个女婿从外地坐汽车全回来了，他们的母亲被打了，无论如何，做儿子和女婿的都不能无动于衷。

事情到了这个地步，大爷爷家的大堂伯出面了，他在族里很有威严，只要他到场，事情就一定能得到妥善处理。而他也因为族员分散，族内又长期处于平静状态，他的权威无法得到体现，正好这个事情可以给他耍威风的机会。等几位堂哥较量了几番，大娘、二娘，大伯、二伯也已动了手，大堂伯这才现身，他现身得正是时候，大家动完手是要喘气休息一下的。

大娘的院子里已聚集了不少人，有的是想劝两家和解，有的是想看看事情的走势，还有的是来看乐子的。农村平时没有什么文化活动，有时候也只能看别人闹矛盾来娱乐。大堂伯一来，两家人很快静了下来，所有人的目光都投向了大堂伯，期待他能给予公正的裁决。

五奶奶也被请来了，她很尴尬地站在院子中间。闹矛盾的是她的两个儿子家。她这么大年纪了，虽说经受不了风波，但这件事她必须出面。

堂哥说要跟我喝酒时还意气风发的样子，今天刚跟他的弟兄打过架，很明显他败得很惨，头发上都是泥，衣服也被撕烂了。另外几位堂兄，义愤填膺、气势汹汹的样子倒也不好摆平。

大堂伯摆摆手，让双方说一说事情的经过。虽然很多人都已知道原因，但重新叙述一遍，还是能吸引大家的兴趣。大伯说的跟昨天我听到的一样，当说到堂哥打了二娘时，二娘的几个儿子火气一下子上来了，指着堂哥说："你凭什么打俺娘？不管怎么说，他是你婶子，你这做晚辈的有什么资格？"

大伯听到几位侄儿指责自己的儿子，立马还嘴争吵："公理之人管公理，有何不可？"

这时候，二娘说话了，她脸上还有昨日的伤痕。她火气比谁都大，而且还满腹委屈，指着大伯说："你儿子昨天也没说借电线干吗。我昨天出门没有锁门，串门刚回来就看到他从我家出来，手里提着一卷子电线，问他干吗也不理……"

“我怎么没理你？我告诉你借电线给俺奶奶修理线路，你偏跟着我，还夺我手里的电线！”堂哥也是满腹委屈，说起话来情绪激动。

二娘一听，立马就跟着论起理来：“你借电线也用不着整卷都拿去吧？我不跟着你，怎么知道你到底用它干吗？”

大堂伯看这阵势要乱，马上清清嗓子平稳了局面。但是在他们辩理的过程中，事情真相也渐渐浮出水面。根据推测，大堂哥在村里到处借电线，因为村里很多人都不在家，看到二伯家大门敞开就以为家中有人，走进去才发现是“空城计”，于是便自行拿了电线，怕不知道该用多少，就拿了整卷电线。这时候二娘回来了，见到堂哥拿了那么多电线就走，心中疑惑，因为大伯家的养猪场最近要排线，如果不跟去，恐怕这一百多块钱的电线就被“贪污”了。堂哥性子急，不愿意解释，于是两个人闹误会了，一直争执到五奶奶家。但是，二娘到底有没有打五奶奶呢？如果打了，又是为何动手打人呢？二娘坚决不承认有此事。

大堂伯这个公证人也想了解这一点，因为这牵涉整个事情的关键。所有人的目光全都聚集到五奶奶身上，看来只有这位夹在中间的老人才能说清楚。五奶奶虽然年龄很大，但身体很好，脑子也绝不糊涂。所以，她的话自然很有分量。但是，当大家都逼着五奶奶给结果时，五奶奶看看双方，眼泪啪嗒啪嗒往下掉，渐渐地开始抽噎。双方都是她不愿伤害的，而她一个孤寡老人处于这样的位置，也是极难自主决定自己的生活，她现在还要靠两家给她送饭，她在那里犹豫不定，大家都很急躁，纷纷催促五奶奶说结果。正在这时，没想到五奶奶一下子晕倒了。

事情发展到这里，就连德高望重的大堂伯也束手无策。因为五奶奶这个关键证人不表态，所以到天黑依然没有处理意见。不过二娘家认为无论如何堂哥都不应该打二娘，毕竟他是晚辈，就算二娘有过错，也应该由族里长者出面处理。很多人听了，虽觉得二娘家很强势，但是这也在理，“欺长”在村里人观念里是不被允许的。但是大伯、大娘心里不服气，觉得二娘耍滑头，利用老人的顾虑把她的过错抹得一干二净，自己家好心给老人修电线，反倒失了理。大伯越想越气，晚上留了大堂伯吃饭，无论如何，这件事情还是应该尽快解决，不能让外人看笑话，这种丑事很快就会传出去，到时候十里八乡都知道了，他们就没法抬头见人了，无论如何，一定要在理上站住脚。

人在想问题的时候不吃饭也不会饿，猪却经常饿，因为猪不用思考烦心事。大伯家的猪早就饿得叫翻了天，大伯被猪叫惹得心中更烦，一脚把刚刚拌好的饲料踢翻了，嘴里还骂道：“你这个忘恩负义的，辛辛苦苦养大你，净给人添气受！”

大伯骂的时候，我刚好走进他的小卖部买盐。见有人来，大伯立马打住，换了一副表情，他冲我说：“买东西啊？”他说这句话是为了让他看起来温和。可是，他越想表现温和的样子，表情就越奇怪，就像刚伤心哭过的小媳妇,脸上虽然化着妆,但被泪水一洗,显得很滑稽。

买了盐后我没有立即走,因为看到大娘有气无力的样子,完全没有了我心目中的形象。她现在也很老了,皮肤起了褶子,显得没有精神,她也连带成为这场家族争斗中的失败者,她有几个儿子,也有女婿,但另外几个儿子都在外地,一个女婿在省城还是有身份的人,对家中发生的这件事都起不了作用。

我喊了一声“娘”,大娘听到后也没有小时候喊她时的欣喜了,现实面前亲生儿子都不一定能理解她的心情,更何况我这个外人。一家人心情都不太好,只有不懂事的小孙子在电视机前看着动画片呵呵地傻笑。感觉有点无趣,我便告辞了。事情看起来似乎已经平静了,小村子上空的白云慢悠悠地飘着,但是狂风正在聚集。为了阻止狂风聚集形成强大的力量,族里的几位长辈决定召开家庭会议。由于这些年社会的变化,族里几乎没开过讨论会了,就连种植庄稼也都各干各的。但是对于我的这些长辈,他们受到传统思想影响根深蒂固,已不是我们下一代能理解的。我的几位爷爷都当过兵,思想里有着不易动摇的严肃与刻板,以至于很多伯父辈的人也继承了他们的道德观。虽然迫于现实,后辈们的反叛常常令他们束手无策,但是遇到一些不好处理的事情,他们会遵从族里公议的意见。

四

到这里,不得不提起一个历史遗留问题,我的堂伯叔父们居住得较分散,这是因为新中国成立前家乡闹饥荒,粮食不够吃,其中三位爷爷背井离乡,定居在百里之外的沙河湾。由于距离很远,平时走动也不多,只有逢年过节互相问候下,或者一些祭祖的日子里,那边的伯伯们会结伴而来,到祖坟上拜祭。我对那边的亲戚印象不深,只隐隐记得他们都是大个子,都有很长的胡子,但是我没法分清楚他们中谁是大伯、二伯,谁是三叔、四叔。至于我的那些堂哥堂姐,更弄不明白谁和谁是亲兄弟姐妹。我的爷爷排行第六,导致我的某些堂兄比我爸爸的年龄还大,以至于见了面不敢轻易开口,恐怕乱了辈分。

这时候我家接到一个消息,要从我家抽调一个人作为代表,去沙河湾的几位叔伯家请他们来参加公议。爸爸看我在家无聊,于是对我说:“你去吧,正好跟那边认认亲。”我听了也很欢喜,对于族里这种公议之事,之前没接触过,很想长长见识。另外一个原因就是,家里太压抑了,出去走走可以排解一下多日来压在胸中的闷气。和我同去的是大堂伯,还有一位是处于矛盾中的大伯,本来不该事件中人去的,但他是这边的长者,他去的话可以让远方的亲人没法拒绝,况且二娘家嫌远,不愿奔波,但是大伯主动要求去。

我们出发时天还没亮,这样是为了能在早饭前赶到。农村人吃早饭不像城里人那么早,一般清晨起来后要到田里劳作一阵才回到家经营早饭,早饭时间一般都在九点多。

我们骑的是自行车,乡村道路狭窄,两旁都是水沟,习惯了城里大马路的我总是担心把车子骑到沟里去,所以我骑得最慢,好在很多地方铺上了砖头和水泥,路面总算还平整,不至于太颠簸。

两位伯伯在前面,把我撇了很远的一段路,我骑了一会儿车,渐渐熟悉了乡村的马路。好胜心一起,倒也很快追上了。他们正在聊天,但我一追上来,他们立马都噤声了,我猜测是关于公议的事情,因我是晚辈,所以有些事情还不方便提前跟我说。我们就这样沉默地骑行着,骑了七八个村子后,才渐渐聊起一些生活的琐事,伯父时而也会扭过头问一下我的情况。

乡风比较豪放,热情而猛烈,不管人家愿不愿意,见了人就喜欢打招呼,有时候它的话语是温柔的,但吹到你身上的那股劲却有些粗暴,让人无法适应。我握着车把的手被风吹得有点发麻,脸颊也有些麻木,但大脑还比较清醒。

很快,太阳出来了,草尖上的露水也渐渐风干,阳光照得我身上暖洋洋的,随之心里热烘烘的。一些树木渐渐苏醒,鸟儿唱起了甜蜜的歌,一切都这么美好。这时候,大伯的手机忽然响了,他停下车子,我们也趁机到路边放松下,我还哼起了歌,好久没呼吸新鲜的空气了。大伯对着电话“嗯嗯”几声,脸色一下子变得极为难看。他挂掉电话后，狠狠地踢了一下自行车，对我们说："出大事了，我要赶紧回去。"

"出什么事了？"我们都很紧张，"是不是家里又闹起来了？"

大伯铁青着脸，憋了半天才说："我家的猪昨天还好好的……"他说这话时嘴里像含着一个苦瓜，每一个字从他嘴里吐出来都带着苦味，"我不去沙河湾了，我现在要赶紧回去。"

"你回去有什么用？你又不懂给猪看病，赶紧打电话请兽医啊！"大堂伯遇到事情不容易慌乱，很快就出了主意。

大伯仿佛一下子从梦中醒来，立即给李兽医打了电话，他说话时声音都微微颤抖。这几头猪关系到他家一年的收入，而且还有他儿子的股份在里面，赔钱是小事，影响到父子关系可就不得了了。大伯的慌乱让我对乡村维系着亲情的纽带感到不真实，那一刻我们都是清醒的。

电话打过后，我们能聊的话题更少了，大伯总是惦记着他正在拉肚子的猪，一路上心事重重的，无论说什么话题，他总会插上一嘴："你说那些猪会不会出事啊？"他非常后悔这几天没有照看好那些猪，甚至埋怨自己曾对猪们发脾气，他完全沉浸在病猪的阴影里，世界上仿佛已没有其他事物了，而且反复地说要赶紧回去。我忽然想：若是他自己生病，会不会这样紧张？这时，我被自己离奇的想法吓了一跳。

我们都沉默的时候，大伯忽然冒出了一句："我和老二家闹矛盾就是因为这些猪啊，一定是老二家看我养猪发了财，心中嫉妒，才会想着法子让我不好过。”

听了这话，我十分惊异，大伯这半天的神游竟然得出这样一个结论，比我刚才的想法还要离奇。但我又不便接话，以免被他误会想诅咒他的猪生病。

大堂伯听了这话，点了点头，说出了令我更惊异的话来：“一定是这样的，现在很多家老大都比老二混得好，所以老二就喜欢使坏点子，说不定是老二家下的毒……”

家家都有一本难念的经，看来威望很高的大堂伯跟老二的关系处得也不好。我不禁对接下来叔伯们公议的事情失去了信心。

“你说为什么老人喜欢把财产给老大的多一些？就是因为老大更孝顺啊……”

他们之间的谈话越来越夸张，亲兄弟在他们的描述中，已成了邪恶的代表。而我始终没插一句话。他们在说得激烈之时，完全忽视了我，更没有想到我的情感，我的爸爸在兄弟中排行也是老二啊。

老大得到得多并不是老人们给的，而是老大在家中的地位更高一些，容易获取更多的利益，而且分家时，族里的老人们也都是偏向老大的。我没有把这些话说出来，因为这只是我一厢情愿思考得出的结论，说出来一定会引起他们的不满。

我们起这么早就是为了到沙河湾能赶上早饭，但过河后，大伯忽然跟我们商量：“咱们不要留下吃饭了，我实在放心不下那些猪娃，通知完，咱们就赶快回去，你们看行不行？”

听了这话，我心中一点也不情愿，已经走了六十多里路，又饿又累，就这样跑回去恐怕坚持不下去。

我心里正在这样想着，大堂伯说话了：“也没必要那么急，已经请过兽医了，你回去早晚都一样，改变不了什么的。”这时候我看到大堂伯一脸疲惫，来时一路的枯燥已使他不太高兴了，况且他也该饿了。

大伯见无法说动我们，心情很沉重。

河湾道道，水波粼粼，阳光洒在河面上，给整个河道镀上一层光芒。河滩上几只水鸟闲适地走动，河边布满了青青的水草，水面不时地泛起水花，我甚至能看到水边一些鱼儿缓缓地游动。河里几道“迷魂阵”里面放置着诱饵，引诱贪婪的鱼儿走进去。鱼儿单纯，怎会看透人类的欺骗与奸诈？

船行得很快，装上马达后只需几分钟就能横穿河面，划桨的摆渡人早已被历史淘汰。那时候坐船只要给船夫递根烟就可以了，现在的船老大可精明多了，只要钞票，还必须先付钱才过河，一点交情都不讲，两位伯伯磨蹭了半天都没有讲掉价钱。

下了船，大伯就说话了：“刚才我付了六块钱，平均每人两块钱的过河钱，回家的时候千万别忘记。”听了这话，我忽然觉得我们之间有很深的隔阂，甚至都后悔来此了。他们都是为了自己才来的，一切跟我有什么关系？我为什么不在河边欣赏一下美景，而要和他们一道义愤填膺？但是，我又不能自主，只能屈服。

五

最先拜访的是四爷爷，他已有百岁，常常坐在河边“做神仙”，早已不问世事。我们很快找到了四爷爷这边的大伯。他见到我们很高兴，寒暄了好一阵。不多久，很多伯伯、叔叔都来了，几位大娘、婶婶也都过来，他们对我们的到来表现得十分热情，或许正因为好久不联络，见了面才会有说不完的话，或许是距离的原因，让亲情更显珍贵。几位婶婶对我更是亲切万倍，听说我读过大学，她们脸上都流露出羡慕之色。

男人们在屋里谈事情，我刚坐下，屋外就走来一个年轻人拉我的手，一见面就把我抱到怀里口中呼喊着:“兄弟！兄弟!”那股热乎劲让我有点喘不过气来。他的一句句“兄弟”把我喊得激动万分，我明白这是我的堂兄，我们族里人多，又不常见到，但是亲情仍在啊！我们聊着聊着，竟然还聊出了泪花，因为我们都很年轻，年轻人岂不是都很多情？更何况我们都有这种兄弟相亲相爱的渴望。

堂兄比我大四岁，在沙河湾交通不畅、信息不通，所以没上几年学就辍学在家，侍弄几亩薄田和河面。他对外面的城市也很向往，向我诉说其他几位堂兄的情况，有的在温州、有的在海南、有的在新疆、有的在黑龙江……各个方向都有我的亲人啊！即使我和他们见了面也不一定认识,但我心里依然热乎乎的。

两位伯伯跟他们叙述完事情的经过,顺带说出了公议的邀请,那边的几位叔伯满口答应了,并且定下了第二天一起出发。他们的眼神很真诚,清澈见底,就像他们门前的河水一样,不含尘杂。

说完话后,大伯忽然想起了什么似的,立马站了起来。

"我要赶紧回去。"大伯说话语速很快,语气也很坚定。

我想他一定是又想起生病的猪了,他不回去的话一直都怀着心病。亲人们看大伯站了起来,以为有大事发生,只有我和大堂伯很平静,知道他要说什么。可是当他把话说出来时,我和大堂伯都很意外:"我在来的路上接了个电话,是家里打来的,我刚离开家就乱了套,老二家率众把我那小子打了一顿,看来我不回去要出大事啊!"

大伯似乎完全忘记了生病的猪,他路上只接了一个电话,电话内容怎么忽然变了?这时他突然想起了什么,激动地说了起来:"我家那小子昨天不应该打他婶子,可是都已经道过歉了,老二家那几个孩子不依不饶,非要在公议前打他一顿……"

"我孩子刚挨过打,要拿刀拼命呢……"此言一出,那些亲人一下子炸开了锅,纷纷叫嚷道。他们的情绪被大伯几句话给调动起来了。他们都很紧张,一时间七嘴八舌都是声讨老二的,二娘的罪状已经被定下来了,首先是"虐待老人",其次是"无视家法",看来一场暴风雨就要来临。

饭快要做好了,锅里已飘出了馒头的香味,灶膛里的火焰像大家的情绪一样越烧越旺,很有激情。

大家纷纷询问事情的进展,大伯接着说道:“幸好我刚才在电话里劝住了那兔崽子,说来说去都是一家人,咋说也不能动刀子啊!但是就不知道老二会不会再次挑起祸端……”

大堂伯在群情激昂的情况下也糊涂了,随声附和着大伯:“是啊,他在路上接电话时我一听说要动刀子,马上往家里打电话,好说歹说,不让他们闹事……”

大家一片唏嘘惊叹,只有我恍恍惚惚的,不知道哪里出了问题,忽然特别惦记大伯家那些生病的猪来了,只有它们能证明我还清醒着。

我们到底没有在亲人家吃饭,因为两位伯伯一激动,完全陷入冲突的臆想里了,为了赶紧回去“平息事端”,他们顾不得肚子饿,必须尽快赶回去。

我跟着他们忙了一早晨,觉得浑身无力、疲惫至极。离开四爷爷家,过了河,大伯忽然对我说:“过河钱不用还了,亲戚之间谁还计较这点钱。”我听了这话,感觉很熟悉,但又很陌生,就像天边的云一样,从远处看一大团一大团地蜷着,走近了才发现什么也没有。

太阳普照大地,万物都很欢喜,我却觉得身上冰冷,抬头看一看太阳,眼睛被刺得生疼。太阳正笑嘻嘻的,好像在嘲弄我。我忽然后悔回来了,虽现在是晴空丽日,但暴风雨快要来了吧?如果不是,为何空气如此压抑？若真来场暴风雨也很好呢，正好可以解救干旱龟裂的土地，我痴痴地想。想到那些无精打采焦渴的庄稼，我的心好像被扎了一根刺，怎么也拔不出来。

羊坟

杨庄忽然爆出一件轰动全乡的事，怀着对别人隐私的好奇心，相信无论谁听到这个消息都会忍不住激动，告诉身边所有熟悉的人，甚至是街头那些陌生者。连日来，人们被这个新闻给整得坐立不安，也有的听到后哈哈大笑、手足舞蹈。杨庄的村民只要一出村，马上就会被人团团围住。你若以为杨庄人因此不胜其烦不敢出村，那就错了，他们恨不得多长几张嘴巴，以便享受那种“众星捧月”般的感觉。

事情还得从杨庄村的姑娘杨春花说起，她可是方圆十里八乡大名鼎鼎的人物啊！她还是小姑娘的时候，就已经成为村民们的“话题”，无论是谁听到她的名字，都会露出几分夸张的笑容。当然，其中也不免有几丝善意。

这几天，杨春花家遭遇不幸，她早已哭成了泪人儿。如果抛开关于她的一切闲言碎语，你若仔细地观察，定能发现她不仅有细嫩的皮肤、乌黑的亮发，还有一双漆黑如豆夺人心魄的眸子。在乡村，她算得上名副其实的大美人,可惜天妒红颜,其一生却毁在杨庄这个地方。当然,也有人说她这悲剧的命运是她自找的。现在她坐在院子的地上,眼睛红红的,嘤嘤哭泣着,就连她哭泣都那样惹人怜爱,简直像一只受伤的幼兽。她家低矮的走廊里停放着一副新鲜的棺材,杨春花的爸爸正给棺材上黑漆。如果你以为是杨春花家有人去世,那就错了。杨春花自小就没了娘,是爸爸辛辛苦苦把她拉扯大的,父女俩相依为命很多年了。但你若说她家里没有亲人去世,那她为何这样伤悲呢?

农村人对丧葬用品特别忌讳,谁会在自家院里放一副空棺材呢?杨家这样做不是没一点道理,只是太令人意外了。说出来怕你不信,杨春花家的一头水羊死了,这个棺材是为水羊准备的。杨庄位于皖西北平原最东北角,这里说的水羊并不是指羊会游泳,只是方言里对山羊雌雄的一种辨别,水羊就是母羊的意思。农家有家畜死了也不是什么稀奇事,要么折价卖掉,要么吃掉,谁会开玩笑给它们买棺材厚葬呢?无论这头羊什么来历,有多么贵重,都不该这样糟蹋钱给它办葬礼。

院子里挤满了人。当地农村没什么文化娱乐活动,若是出了点稀奇事都喜欢凑热闹。据说杨家这事是春花父女俩共同商定的。人们都觉得他们疯了,尤其是杨春花的爸爸,不该让女儿这样胡闹。人们叽叽喳喳地议论着,谈论着这件事情的荒唐性。当然也有知道内幕的,只是在一旁摇头叹息。总之,除了杨家父女外,不会再有第三人赞同。正当院子乱哄哄的时候，不知谁喊了一句："攀龙来了。"人群一下子安静下来，纷纷睁大眼睛四处搜寻着攀龙的身影。

这时，一位白白净净二十多岁的青年从人群外挤进来，他满脸汗珠，神情有点慌乱，忐忑不安地朝院中的杨春花走去。大家纷纷给他让道，每一双眼睛都紧盯着他，仿佛他的头上盛开一朵花似的。他缓步向前走着，看客们一个个紧张得按捺不住激动，伸长脖子往院中拥挤。据说当天有三个孕妇被挤得去了医院。攀龙是刚从师范学校毕业分配的乡中学教师，他家距离杨庄不远。他还有一个身份，一个月前他和杨春花定亲，现在是杨家的准女婿，杨家"办事"，准女婿没有不到场的理由。他平时在学校，对乡村逸闻不太关注，所以他前一天才知道这事。村民火辣辣奔放的目光令他如芒在背，但他也只好硬着头皮走过去。

"春花——"攀龙本来准备了很多台词，到了现场才发现很多事不像想象中的容易，当着众人的面，他张口结舌，大脑一片空白。

他的窘态引得村民一阵大笑，看来好戏要上场了，一个个目不转睛，有十多位老太太为了不遗漏情节，一大早就把眼睛和耳朵洗了十遍。毫无疑问，攀龙的到来可能会令故事达到高潮。攀龙跟杨春花是自由恋爱，引来各种闲言碎语，其实自由恋爱在城里早已普遍了，只是杨庄地处偏僻，村里人对这事看不开，就算两情相悦，也不该私订终身，要找媒人提亲，定下日子才能约会，无论怎样，都不能在人前有亲热的行为。

攀龙和杨春花是在学校旁边的河滩认识的，河滩水草茂盛，鱼肥虾美，两岸密密的芦苇荡，鸟儿聚集其中，凉风习习，是个休闲的好去处。攀龙时常傍晚从校园出来漫步河滩，或欣赏水鸟，或看摆渡老人，有时候拿出古文诵读，书声顺着河面漂走，直到有一天走来一位年轻的姑娘。那姑娘就是杨春花，攀龙看她第一眼就失魂落魄。他上过大学，在城里见过很多漂亮的女孩子，但杨春花不一样，她看起来水嫩嫩的，在这偏僻的乡村，她的美是不能亵渎的，攀龙的脑子里先是蹦出了杜甫的“北方有佳人”，随后连着李白的“清水出芙蓉”，但这些远远不够，他第一次感到词穷是多么痛苦。后来两人经常在河滩见面，越聊越兴奋，越聊越亲近。年轻男女若是独处，很容易擦出火花的。

终于有一天，摆渡的船老大发现了两人恋爱的苗头，没多久附近几个村子的人都知道了。反应最强烈的就是攀龙的父母，他们听说为之骄傲得意的儿子、村里唯一的大学生竟然和杨春花谈恋爱时，不禁火冒三丈，跟儿子进行了无数次激烈的争吵，甚至扬言要打断他的腿。可处于热恋中的男女都不理智，尤其是攀龙这种进过城、有文化，又读过不少伟大爱情故事的年轻人，他的反叛精神可谓坚如磐石。杨春花这个名字太令人敏感了，她小时候闲言碎语很多，虽然时隔多年，但经常有人旧事重提，万一闹个满城风雨，这乡里乡亲的，抬头不见低头见，一家人怎么好意思出门呢？攀龙的爸爸高瞻远瞩，甚至想到他们结婚后生出的孩子可能还会被人嘲笑。

如果两家结亲的话,杨春花的爸爸倒没什么意见,他只是生气女儿没有把这事提前告诉他,没有父母之命,媒妁之言,多少有损女儿名声。因为攀龙与父母闹得天翻地覆、鸡飞狗跳,让本来就出格的事情格外引人注目,结果就有人开始抖出杨春花小时候的事情来,弄得攀龙的父母出门时遇到熟人都不好意思打招呼,语气、神态都变了样。但是年轻人有不畏艰难的勇气,越有阻力就越有斗志。最终一对情人冲破农村封建世俗的樊笼,进入了提亲、相亲、相家、定亲等婚前程序。这不,一个月前二人刚定下婚期,眼看要成一家人了,没想到杨春花家的水羊死了。

水羊死了在农家也不算稀奇事,攀龙家也养死过不少家畜,可这次杨春花家的水羊之死,情形就不同了,这头水羊从杨春花很小的时候就开始养了,养了十多年了,是老死的。在农村除了看家的狗以外,牲口在家中一直养到老死,几乎是不可能的,就算肉质不鲜也不会白白浪费。关于这件事外面的人议论纷纷,攀龙也有所耳闻,其中有些内容让他难以接受,而他是杨春花的准夫婿,他觉得这事应该跟他商量,这是对他的一种忽视。很显然,攀龙也受到了牵连,一路上肯定有不少人开他的玩笑,不然他不会脸涨得通红。

他很想跟杨春花吵一架,但是,看到杨春花一副伤心欲绝的样子,又不好发火。但并不代表会消气,憋在心里久了爆发会更强烈。杨春花只顾着伤心,也没抬眼看他一眼,让他像个地标一样杵着,走也不是,站也不是,他觉得很没面子,自己就像一个小丑一样忍受周围人的嘲笑。他是读书人,应该更理解杨春花的苦衷,但是文化人更爱面子,更不能容忍自己当众出丑。

说起杨春花家的水羊,那可是大有来历的,那时杨春花的妈妈还在,杨春花的父母很是恩爱,但家境贫寒,常常是吃了上顿没下顿,唯一值钱的就是这头水羊了。他们悉心照料着水羊,希望水羊能好好生长,多下点崽,改善一下家里的经济状况。杨春花妈妈怀孕的时候,水羊也怀孕了,全家人憧憬着美好生活的来临。没想到的是,上天注定要让一些经受苦难的人多一些折磨,用来满足自己操控别人命运的欲望。杨春花出生的时候,母亲难产,累到虚脱,眼看快不行了,接生婆问杨春花的爸爸,保孩子还是保大人,杨爸爸当时痛苦死了,越想心越乱,或许是贫穷的生活太难熬了,或许是母性使然,杨春花妈妈有气无力地睁开眼睛,艰难地吐出几个字:“保孩子。”杨春花就这样出生了,而她的妈妈却离开了人世。

杨春花生下来就没了娘,可怜杨爸爸一个大男人,面对空荡荡的房子和嗷嗷待哺的孩子,手足无措。深爱的妻子已经没有了,也没有多少粮食养孩子,他绝望地想到了死,但想到妻子临终前深情注视自己的目光,似乎在告诉自己要坚强,一定要把孩子养大,不能辜负她。杨春花的爸爸抱着女儿默默流泪,这时候传来水羊咩咩的叫声,这是他们家最后的希望，可能是上天怜悯，不愿再让悲剧的家庭丧失勇气，杨春花爸爸跑过去一看，水羊面前跪着三个小羊羔，它刚生产。

“有救了，孩子有救了！”杨爸爸大声地喊叫着，举起杨春花，像一只疯狂的母鸡得意极了。就这样，杨春花靠着羊奶幸存下来，而且比村里其他小孩长得都丰润、漂亮。没想到，杨春花的命运也因此充满了悲剧色彩，她一岁多的时候就能到处跑了，还不会说人话，只学会说“羊话”，她没事就在村里咩咩乱叫。她一叫，村里的公羊都随之往她家跑，闲言碎语因此而来。

杨春花的爸爸对女儿疼爱有加。此后，父女俩开始跟村里人渐渐疏远了，因为他家住在村子最后排，比较荒凉，常年没有人来串门。等杨春花七岁的时候，爸爸决定给她起个名字，他们家屋后长有一大片阳春，此前每年开花的时候，杨妈妈都会去采摘几束放到屋里，家里面也会突然明亮不少，阳春花的谐音是杨春花，于是就有了这个名字。同时，他每天不厌其烦地跟女儿说话，教她喊爸爸，教她认识各种花草名称，教她说家乡的方言，并告诉她不要学羊叫。只是杨春花一直跟水羊很亲近，这个杨爸爸不反对，水羊不但是家里的福星，还是杨春花的救命恩人呢，这些年家里条件不断改善，多亏了水羊。

村子后面是一大片荒地，长不了庄稼，不少农家就会把牲口牵到这里放牧，杨春花自然也牵着水羊到这里来。放牧的时候都是各占一片地方，很无聊时就想找些话题聊，有时候人们看到杨爸爸不在，只有杨春花一个人放羊,就凑过去问她:“你爸爸呢?”杨春花认真地回答:“爸爸回家做饭去了。”别人又问:“为什么不让你妈妈做饭,你妈妈呢?”杨春花一本正经地回答:“妈妈不会做饭,妈妈在吃草。”说完,她就跑过去搂着水羊的脖子,钻到它的怀里,就像孩子跑到妈妈怀里那样自然。没想到,别人听后哈哈大笑,笑声显得猥琐而下流。这事传开了,被人们当作笑料。即便杨春花上学了,也无法避免异样的眼光。学校里都是附近村子的孩子,各家各户的底细都摸得一清二楚,很少有孩子跟杨春花一块玩,因为她回到家就找小羊玩,好多人都声称见过她跟一只误入校园的小羊说悄悄话。

攀龙比杨春花大几岁,杨春花上小学的时候,攀龙升初中。杨春花上初中时,攀龙开始读师范。两个人就这样多次擦肩而过。杨春花上完初中就辍学回家,专心侍弄庄稼和牲口。村里像她这样辍了学的姑娘不是早就结婚了就是定好了婚事,但她因名声不好,一连几年都没人给她说媒,就连身体不健全的人都害怕被她克住。直到因为天气干旱,屋后的草地渐渐长不出来,她去河滩放牧遇到攀龙,才算有了着落。

没想到婚还没结,她家的水羊死了,水羊在她家生活了十几年,立下了不少功劳,早已成了家庭的一分子,杨春花跟它的感情尤其深厚,就和父亲商量为它准备后事,爸爸当时也吓了一跳,居然还要给它准备棺材,打棺材是一笔不小的开销,并且出殡后埋到哪呢?会不会有人说闲话？杨爸爸考虑很多，但看到女儿坚持的神情，实在不忍心拒绝，他太了解女儿对水羊的感情了，终于还是答应了，水羊不入祖坟，就埋到屋后的荒地上。他们不打算通知任何人的，没想到这样的事传得特别快，十里八乡都知道了，出殡的日子来了很多看客。最主要的是，攀龙也来了，而且面色十分难看。

葬完水羊，攀龙就和杨春花闹腾起来了，他刚分被到乡中学做教师，这事让他很没有面子，外面的闲言可以不理，但是班里的学生就不会对他有看法吗？他还如何树立威信？如果一个教师经常受到学生嘲笑，他能带好课吗？他本来一片雄心壮志，现在全都黯淡无光了，他甚至一秒钟都不想待在村庄了。关于杨春花，他越想越气，之前的甜言蜜语、山盟海誓在现实面前被无情摧毁。这时候他才发现，自己苦苦坚持赢来的爱情，竟如此不堪一击。就这样，这对历经重重困难的情人还是被世俗那双无形的手分开了，攀龙收拾行囊去了城里，他甚至没有勇气面对杨春花，连声告别都没说。没想到，他这次赌气出走，一晃就是二十多年。

攀龙这二十多年吃了不少苦。他刚到城里的时候情绪不好，做什么都不顺利。后来事业渐渐有了起色，凭着农村人吃苦耐劳的本性，他得到老板的欣赏，还跟老板的女儿成了婚。只是，每到夜深人静之时，他的精神都备受煎熬，一直放不下心里的负担。后来，他成了公司的董事长，摇身一变成了千万富翁，每年除了往家里汇款以外，从来不敢给父母打电话，生怕自己心软而哭出声来。他的父母苦苦盼望，也盼不到攀龙的归来，杨春花现在怎么样了呢？攀龙竟有些想她。

攀龙的企业挣了不少钱，就想回报社会，经常资助一些贫困儿童。攀龙的老家也有不少孩子失学，他也资助过很多，只是每次都是派秘书前往安排具体事宜，自己从不回去。时间久了，他有点想家，想看看父母。不久，有一次回到家乡的机会，他再也忍不住泪流满面，回到了家，父母都快认不出他来了。家里的变化太大了，村里到处跑的孩童他一个也不认识，就连跟他年龄相仿的人也认不出几个，他向邻居打听了杨春花的事情，没想到邻居一脸茫然："杨春花是谁？"原来这些年很多人都往城里去，村庄破败而荒凉，就连一个村的人因流落各地都认不全，更何况外村的呢？

年长的人绝对不会忘记的，村里一个黑脸的老妇人听到他打听杨春花的事情，摇了摇头说："死了！"攀龙顿时神情恍惚了一下："死了？怎么可能……"

"怎么不可能？人都是会死的……"老妇人说完还叹了一口气，她年轻的时候还去过杨家呢，她是去看热闹的，正怀着第四胎，结果还被人挤流产了。

攀龙慢慢了解到，自己出走的第二年杨春花就嫁人了，是李庄的一个老光棍儿。据说是因为杨春花的爸爸受不了村里的闲言碎语，要带着杨春花一块出去的，但是杨春花坚决不走，不只是舍不得这片土地，还像是在等待什么人。家中只剩下她一个人了，日子竟被她过得越来越艰难，后来李庄的一个老光棍儿托了媒人，杨春花也思忖家中没有男人，土地就会荒芜，而自己的生活也难以维持，就答应了。李老光棍儿家里也穷得揭不开锅，他兄弟三个，都没有老婆，三兄弟也没分家，当然，主要是没有家产可分。由于家里太贫穷，杨春花生下孩子后，患了病也没钱治，最后病死了。不过她的孩子却很健康。

攀龙听了这些讲述，心里翻江倒海，思潮涌动。他又想，如果自己当年没出走，会是怎样的结果呢？

李庄没多远，攀龙问了路走到李光棍儿家门前，李家依然不是很富裕，还住着三间瓦房，连院墙都没拉起来，院子里唯一值钱的就是两头水羊和一群小羊羔子。看到这些雪白的羊，攀龙忽然觉得自己年轻了不少，在河滩上与杨春花相遇的情形似乎就在眼前，往事历历在目，他感慨万千。正当他发呆的时候，屋子里走出一位年轻人，长得白白净净，很俊俏，只是身材很瘦，他问攀龙："你找谁？"

攀龙静静地注视着这位青年，这莫不是杨春花的儿子？他想在青年身上找一找杨春花的影子，却觉得模糊不清，他竟然想不起来杨春花的样子了，只是觉得朦胧，他不禁怅惘。看着看着，眼前的青年竟然变成了杨春花，杨春花似乎就长得和这年轻人一样，他的泪几欲涌出，这年轻人的眼睛竟好像在哪里见过一样，但这绝不是杨春花的眼睛。忽然，他明白了，这是他自己的眼睛，攀龙家祖上的男人们眼睛都是这个样的，难道这位青年是自己的孩子？他猛然想起来了，有一次在河滩，他和杨春花钻进芦苇荡一时情不自禁……

青年脸上挂着笑，静静地看着他。这个男人怎么回事？竟然看着自己发起呆了，眼眶里还有泪花闪烁，但他觉得仿佛他们曾经见过面。这奇怪的中年人啊，竟然还向自己打听起母亲的坟墓来了，声称他们曾经是同学，看样子，说不定还追求过自己的母亲呢，青年暗暗地想。

两人一前一后走着。杨春花就葬在曾经的那片荒地上，与她的“羊妈妈”合葬在一块。夕阳把人的影子越拉越长，攀龙缓缓地朝村北那块羊坟地走去。每走一步，他都觉得时光在一点一点地倒流，仿佛看到杨春花正在草丛中站立着，一如他们初次相见时那样，脸上绽放着春天般的笑容，温暖且迷人。

■ 父与子

夜深人静，风吹得树梢轻轻晃动，月亮又大又圆，明亮的光照进窗户。马二蛋睁着圆溜溜的眼睛睡不着觉，心里矛盾极了，抬头看天，星星乱糟糟地挤在一起。他重重地叹了口气。院子里传来毛驴的惨叫声，还有几头老牛的痛苦呻吟，夹杂着父亲的训斥声和棍棒交加的声音。二蛋最不能听到这样的动静，难过地捂住耳朵，眉头紧皱。父亲在屋外吆喝数声，他摇了摇头，一脸无奈，拖着极不情愿的脚走出去。

"喊你半天也不出来，耳朵聋了吗？"父亲的裤子湿漉漉的，鞋子上沾有牲畜的尿粪，手里拎着一根厚厚的竹片，凶神恶煞的样子让二蛋厌恶。"还不走快点！磨磨蹭蹭想干啥？我这大半夜忙活不都是为了你吗？你一点也不伤心，看我在院子里跟牲口较劲，你也不帮个忙，你想让驴踢死我！"父亲十分气愤，两个眼睛发出冷冷的寒光。

二蛋快走几步，上前牵过缰绳。一阵冷风吹过，他忍不住缩了缩脖子。

他对父亲的做法感到十分不理解,自己读完高中,在农村也算是有学问的人了。“父亲”这个词往往给人高大正直的印象,但他的父亲却十分巧妙地完全避开这些与父亲伟大形象相关的词,反而显得卑鄙、猥琐,用老师的话说这叫没素质。他经常会纳闷,自己怎么会有这么一个完全不注意形象的爹?心里虽然不满,也只能藏在心里,他的性格比较懦弱,用父亲的话来说是“读书读傻了”。他正怀着对父亲万分的不满,父亲又大声嚷嚷了!

“咋牵的驴?绳子都扭一堆,驴都掉粪池子里了。”二蛋回头一瞧,可不是嘛,自家院子里父亲挖了一个大池子,储了好多粪便。每次出门都须小心翼翼,何况这不懂事的畜生呢?他多次想让父亲把这个“老古董”清理出去,竟然遭到父亲一顿叱骂,在父亲眼里这个粪池是他的得意之作,一年能省下好多化肥钱呢。他赶紧扽了扽绳子,结果后面一头莽撞的牛晃悠着身体,一下子滑进了粪池里。惹来父亲又一顿臭骂:“我就想不通了,我大毛子这么精明的人怎么生出你这么个蠢儿子!你说你这副受气的小媳妇样,将来能干成什么事?我这一身绝技无人继承,你真是个败家子,素质真低。”

二蛋被父亲骂得很生气,结果听到父亲骂自己素质低,他反而扑哧一声笑了,心想,你才素质低呢,我没说你,你反而说起我来。想到这儿,二蛋觉得十分滑稽。这时候,他已走出门外,身后跟着四头驴和四头牛,再后面就是他那精明能干的爹了。他爹正在锁门,也不换衣服，发黄的一层牛屎就像狗皮膏药似的粘在裤腿上，他却一点也不在乎。

二蛋慢腾腾地牵着驴朝村外走去。天灰蒙蒙的，村路旁边是影影绰绰的小树丛，唧唧虫鸣将村子衬托得格外宁静，时而一两只青蛙从路面跳过去，生动而又有趣。小时候二蛋就不敢一个人走黑路，他总是担心路上有蛇，也害怕狐狸、刺猬之类的动物。最让他害怕的就是“老麻虎”，他每次不听话，爹娘就会说把他扔出去给老麻虎吃。长大了他也不知道这到底是什么凶猛怪兽，只是脑海里模模糊糊有着一个说猫不是猫、说猴不是猴、说虎不是虎的野兽印象，每次听到这三个字就感觉阴森森的。直到他上学读书才从语文老师那里知道，老麻虎居然是一个人，这个人生于隋朝，名叫“麻叔谋”，是一方诸侯，但这个人极为凶残，喜欢吃人肉，行军打仗基本上不带军粮，走到哪就杀到哪吃到哪，老百姓闻其名无不胆战心惊，“麻叔谋”被人称作“麻虎”，“老”字则代表百姓对他的畏惧。由于他祸害百姓时间太久了，所以他的名字才会有这么大的威慑力，一直延续一千多年。

二蛋觉得自己脑海里什么都有，经常走神，去想一些课本上的内容。他觉得自己和这个闭塞的村子有很大的隔阂，尤其是与自己的家庭简直格格不入，他看什么都不顺眼，别人看他也不顺眼。他有时候真想一走了之，到外面的世界混出个模样再衣锦还乡。可他清楚地知道，自己从小就养成了胆小懦弱的性格，别说到外面的世界，就是走到镇上也头脑发晕,不知道如何与人打交道。

他走到村塘时,三棵大柳树全都垂着硕大的脑袋,披头散发,像三位沉思的智者。这三棵树有年头了,听村里老人说快二百年了,小时候他的印象中,它们是巨树,腰身粗得需几个小伙伴共同合围才能环抱。他走到树旁时,忽然生出敬畏之心,是对时间和生命的敬畏。村塘水波不兴,偶尔会传来一两下鱼翻花的声音,二蛋紧张地快速走过。这时,迎面走过来一个人,穿着短裤短衫,戴着草帽,手里扛着扒铲,二蛋感觉面熟,但黑暗笼罩着,有些蒙眬。他眯起数百度的近视眼想看看究竟是谁,对面的人先打起了招呼:“二蛋能干,能给你爹打下手了。”听声音,原来是自家二叔。二叔在村里可是个大能人,白天打麻将、钓鱼,就是不下地,可是庄稼长得特别好。别人向他取经问他咋回事,他说:“随缘。”还说不干活可以锻炼庄稼的“免疫力”,自动就将杂草和害虫打败了,他甚至还教别人“咒语”,只要念念经,麦苗就能长大,结果别人的庄稼收成惨淡,他却丝毫没有受到影响。大半夜撞到二叔,他霎时明白了,原来二叔是半夜偷偷“干活”呀。可是这种损人不利己的举动实在让人捉摸不透,他向来对二叔没有什么好印象,整天一副游手好闲的样子,而且还招摇撞骗,没事给人说个媒骗点鱼肉吃,要不就是帮人和解,在别人家蹭吃蹭喝。看到二叔,二蛋忽然明白了,与自己的父亲真是一个厂家出来的孬货,两人都喜欢干点有损阴德的事。

二叔很快就看到二蛋身后的大哥,喊了一声:“大毛子,你这是唱戏去吗?怎么身上搞得这么花?”二蛋看着父亲一脸尴尬,笑了两声没有作答。所谓大毛子,是父亲的“雅号”,因为这几年贩牛贩马发了财,经常跟很多外省的“马帮”往来,这些人在老实善良的农民眼里跟土匪没啥两样,都是大口吃肉大碗喝酒的豪爽人,一点也看不惯,统一喊他们“长毛”。这个称呼在过去是称土匪的,现在人都不留长发了,依然这样叫着。大毛子以前也叫长毛,随着年岁增长,不知道从哪一天开始,大家似乎是不约而同地改了口。

二叔昂着头、背着手慢悠悠地远去,二蛋看到他爹啐了一口唾沫,低声骂道:“小人得志!不孝顺爹娘,净干缺德事。”骂完之后又回头对二蛋说,“我天天教你,见了那个人不要跟他说话,你咋回事?”

二蛋被父亲一骂就来气,明明是二叔先打的招呼,自己什么也没回应,父亲这样无端地骂他,忍不住顶了两句嘴:“你刚才不也干了缺德事吗?你俩真像。”

“兔崽子你说啥?”父亲一蹦三尺高,欺身过来,头发一根根地站着。二蛋立马就尿了。父亲不依不饶地说:“没天理,儿子骂老子了,翅膀变硬了,还没分家就开始不孝顺了,就敢打老子的脸了!我干什么缺德事了?我不干也有别人干,管得住自己管不住别人,天底下就你一个好人,你要是做好人别人也不领你的情,你只能受欺负受穷!我这样不都是为了给你弄俩钱花?你这个白眼狼,白养活你了!”

二蛋被父亲骂得心虚，也不敢抬头搭腔。父亲后半截说得没错，自己这个家还真是靠父亲一个人撑起来的，母亲常年多病，生下四个儿女损伤了身子，一点重活累活也干不了。父亲确实有点急躁，为了挣钱比同龄人苍老多了。二蛋心里突然恨起来，大叫道："县城我不去了，我宁愿不结婚了。"话音还没落，他就觉得脸颊火辣辣地疼，半天才反应过来，原来父亲竟然在那一瞬间就脱掉了鞋子在他左脸"啪唧"了一下。父亲一副龇牙咧嘴的样子，嘴里骂骂咧咧，一会儿骂老天爷不睁眼，一会儿骂儿子不争气，最后无话可说了。

人走路的速度还可以，但这几个畜生走得实在是太慢了，它们一个个鼓着大肚子，艰难缓慢地前行着。父亲对儿子命令道："必须快点赶到县城，不然刚才半夜做的亏心事全都白做了。"人这样想，却并不了解动物的心思。父亲对二蛋说："你只管使劲拉，我在后面抽打，一定会走得快些。"二蛋仰脸看看东方天际，不由得加快了脚步。他把吃奶的劲都用上了，又走了几里路之后，觉得胳膊酸痛，牛的鼻子被扯得老长，发出痛苦的抱怨声。可是父亲完全不顾牛的死活，只想赶快到达目的地。

父子二人越走越快，慢慢地牛和驴也都适应了这个速度，累得气喘吁吁。这种急行军的走法，二蛋从未体验过，感觉腿和胳膊都沉甸甸的。不一会儿便看到县城的人流了，他看到每个人都带着冷漠的表情行走着，互相也不打招呼，显得十分生分，人流车流默默行走，好像都是无痛的。转眼之间,他们就到了热闹的骡马交易市场。

很快,他们的这几头牲口成了焦点,大家的目光都跟着他们走,人群中发出啧啧称赞:“他们的牛是好牛呀！他们的驴也是好驴呀！你看它们皮毛发亮,身材健壮,简直让人羡慕。”有好多和父亲熟悉的人一声一声“大毛子”地叫着。没过多久,就有人来问价钱。一个牛经纪递了一支烟给大毛子,然后自己点上,眯着眼睛说:“好久没见到这么好的牲口了,你看这个价怎么样?”说着牛经纪抓住了父亲的手,在两人的背后做着小动作。二蛋父亲微微笑道:“咱都是老熟人了,我卖给你就怕同行骂我杀熟。”

“那多可惜呀,这大好的赚钱生意你也不想着兄弟,就算别人骂你杀熟我也不能同意,这是一个愿打,一个愿挨。这么大个的驴、牛,我就是捡到宝了,你尽管出价吧,只要你敢要,我就敢给,在场的爷们儿都可以给我做证。”可是二蛋父亲只顾笑,并没有成交的打算。不过经他们这一出戏,很快围拢了更多的人。二蛋急了:“爹,你快点卖吧,早卖完早回家。”二蛋说这话时脸涨得通红,鼻尖冒着细密的汗珠。

牛经纪乐了:“你那么着急干吗？这么大的人了,难道想快点回家吃奶不成?”围观的人群爆发出一阵哄笑。牛经纪劲头更大了,开始教育起这个白白净净的“晚辈”来:“你爹心里有数呢！他是打算坐地起价,哪像你小子,那么猴急。只有我火眼金睛识破了你爹的诡计,我一定不能让他得逞。我吃过的盐比你小子走过的路都多。”

这时候，人群笑得更厉害了。牛经纪更加得意，还想继续说下去，却被大毛子打断了话："我只听说'我吃过的盐比你吃过的面都多''我走过的桥比你走过的路都多'，第一次听说'吃过的盐比走过的路多'。"周围有人起哄鼓掌喝彩起来。还有一个手拿核桃的胖子大声接道："你咋不说你丢过的人比他见过的人都多？"牛经纪被臊得满面通红，周围的人眼泪都要笑出来了。

胖子看起来很有威望，牛经纪也不敢乱开玩笑。这时候胖子大喊："老毛子今天带了好货，想要的抓紧还价呀！"得，"大毛子"又升级为"老毛子"了。这时候，很多人纷纷上来与父亲握手讨价还价。父亲的脸上带着虚假的笑，这一切就像演戏一样，每个人都精明过头，显得那样不真实。二蛋看看父亲，才四十多岁，头发白得差不多了，身材瘦弱，腰也弓得像麻虾，脸色发青，耳朵发红，嘴唇干燥脱皮，再配上那身可笑的衣服，二蛋感到十分陌生。自己已经好多年没这么仔细地观察父亲了，他这时候看起来神采飞扬、谈笑风生，和各类买主开着玩笑，但二蛋知道父亲此时比谁都着急，希望将这些烫手山芋尽快甩出去。

这几头牲口其实并没有那么健壮，徒有健美的身姿，其实都是花架子。二蛋心里明镜似的，但不敢说出来。

几天前，父亲忽然从外地拉回来两头牛，瘦弱得好像皮包骨一样，但是个子很大。回来之后父亲又是梳又是洗，将牛好好打扮一下，然后陆陆续续弄回来几头牛和驴，特点是都瘦，但是骨架都很大。他挨个给它们梳洗之后，两天不喂它们，第三天弄了一大堆稻草给它们吃。牛、驴饿了两天，只顾着吃，却不知道父亲在这些稻草里做了手脚——这些都是用粗盐泡过的，一根根能把老虎咸得齁死。果然这些牛、驴上了大当，一个个狼吞虎咽，等发觉味道不对时，已经大半入了肚，然后都口渴得要命，围着木桩乱转求饶。父亲却很得意，打来几桶凉开水，牛、驴以为主人好心来解救自己，其实又上当了。这次的水不但加了大量的盐，还有味精、辣椒面，越喝越难受，越难受只能继续喝，慢慢地肚子就鼓了起来，那些凉开水如同生理盐水一样进入牛的肠胃，再进入血液、肌肉，牛的脖子和腿也粗了起来，看起来像明星一样。早晨出发的时候，父亲没干别的，他又给每头牲口增加了三十斤的饮水，以免在路上有所损耗。所以这些可怜的牛、驴呀，等买主牵回家，只需要一天的工夫，全都要现出原形。

这个骡马交易市场虽大，却有行规的，只做半上午交易。二蛋家的牛、驴因为外相好，所以卖得很快，不大一会儿就变成了一沓沓厚厚的钞票。到十点时，市场开始清人了，很多人都开始往家走，这时候先前的牛经纪过来了："咋样？老毛子今天收入不少吧？"

二蛋他爹笑道："那也有你的功劳呀。"说着，摸出两张绿票递了过去，"中午的酒我请了。"

"你请我喝酒就这两张绿票呀？至少也要两张红的。"牛经纪半开玩笑地道。

“你别不要脸了,我这已经够大方的了,平时我做经纪人时,给你圆场,你只给一张黄票。”二蛋他爹做出一副吃了大亏的样子。

“黄票就不错了,没给你青票或者零个儿就好啦!看你那一副没出息的样子。”牛经纪在父亲肩上擂了一拳,笑眯眯地走了。

一切发生得不可思议,二蛋瞪大了眼睛,他实在想不到居然还有这么多门道。父亲拍了拍他的后背道:“走吧,咱俩一起吃包子去。”

二蛋就这样被父亲催赶着到了一个包子铺,冒着热气的包子发出很好闻的味道。这个时候吃饭的大都是老年人,或者是不上班的闲人,不然也不会这个点了还都气定神闲地吃着包子。父子俩找了两个位子坐下了。父亲很兴奋,脸上的皱纹也都绽开了,显得白净许多。二蛋心里却空落落的,他跟这几头牲口虽然没有太大感情,但早晨牵了一路,也有了必然的联系了。他甚至开始担心买主回到家发现被骗,不知道会气成什么样子,会不会骂人呢?原来这些年父亲一直这样做生意,平时都是一头两头地作多,第一次这么假。而那个市场又有多少像父亲这样的人呢?二蛋心里很是不安,很多买牲口的都是老实的农民,辛辛苦苦挣点钱很不容易,自己好歹也是个读书人,这下彻底节操不保了。

他满怀心事地吃着早餐,一边吃一边走神,这时一阵争吵声将他从遥远的沉思里唤醒,吵架的竟然是他的父亲和包子店老板。争吵的缘由竟然是钱和包子,老板说吃了两笼包子和两碗腫汤,父亲却坚称只有一笼包子和一碗腥汤，父亲说他只和儿子分了一笼包子，因为他年龄大饭量小，所以只吃了两个，剩下的给儿子吃了，买了一碗腥汤是儿子喝的，自己受不了腥气，什么汤都没要。说来说去也就几块钱的事，可两个人互不相让。二蛋看到桌子上的碗筷，他敢百分之百确定自己和父亲各吃了一份包子和一份汤。看来父亲是想赖账。可是他还未说话，父亲就大声嚷道："这桌子上的碗筷是上一位客人留下的，你们根本没收，却赖到我头上，真是天理难容呀！"

老板也不好惹，能在街上做生意或许都有什么倚仗，不然总有些捣乱的也能把生意搞黄了。这时候争吵声引起很多人关注，纷纷围了过来。谁也说不清楚到底怎么回事，但看热闹是人的本性。

周围的群众议论纷纷，都在为老毛子鸣不平，包子店老板呆立当场。老毛子挑衅一般叫道："来来来，你这个奸商，你敢发毒誓吗？"说完老毛子就要跪下发誓。老板一听，连忙摆手，语无伦次："你、你、你……"他一连说了好几个"你"，就是说不出后面的话来。围观的群众一看，事情已明了，一定是这对可怜的父子被坑了。这时候老毛子忽然哀号起来，脑袋伏在地上，肩膀一抽一抽，大声哭道："农村人进城咋就容易被人欺负呀？真是没天理了，我好好种地，不坑不骗，咋净碰见赖孩子！我的命好苦呀！不是我掏不起钱，而是我几十岁在大白天被人欺负，心里难过呀！"这时候，有两位老奶奶上前将老毛子扶起来，劝慰道："别哭了，我给你做主，大家都给你做证，决不能让老实人受欺负，不行咱就报警。”

听到老太太这样说，周围的群众纷纷指责包子店老板。老板看到群情激愤，倒是哑巴吃黄连，一句话也说不出，站在那里发愣，脑子里一片空白，以为自己脑子出了毛病，失忆了。这时候老毛子站了起来，抹了一下眼角：“农村人咋了？凭什么农村人就该受欺负？我今天要讨个说法，哪个城里人往上数三代不是农村人？哪个富人的爷爷没穷过？我最看不惯为富不仁的人了。俗话说人善被人欺，马善被人骑，我就是太善良了，才会受这无端的气。我半夜就往县城赶，走了几十里路，就是想看一看我们的城市建设成什么样子，我这颗火热的心就在这个包子店被破灭了。我就纳闷了，我一个堂堂正正的农民，怎么会遇到这样不讲理的老乡？”

听到他这样绘声绘色的演讲，很多人不由自主地鼓起了掌。老毛子身上的牛粪早已干了，其中一块刚好挂在胸前，怎么看都像英雄勋章。有几个围观的听说他走了几十里路到县城，还纷纷解囊资助他坐车。包子店的老板气势完全弱下去了，像一只受气的猫一样，缩在店里不敢露头。

二蛋感到自己越来越不了解父亲，也不了解这个社会。回去的路上，走了几里路，他终于忍不住了，问道：“你为什么那么做？为什么去坑一个没有伤害你的人？”

二蛋他爹骂道：“我这不叫坑，这叫智慧，我卖了牛凭什么要分给别的牛经纪？他不过是陪我做了一场戏，又没给我带来一个客户，所有的牛都是靠我斤斤计较卖得好价钱！我这边亏了就要在那边找回来，谁让那家包子店开得不是地方？谁让那家的包子那么香？谁让那小赖孩儿䐶汤卖得那么贵？”

“可你也不该又发毒誓又泪流满面的，你让那个老板将来怎么做生意？你这样做太可恶了。”

“你还说我呢，全靠你爹一个人抬杠！箭在弦上，不得不发。我是被逼得没办法了，只好出此下策。你看到结果了吧？你看那老板的熊样，之前还跟斗鸡似的，恨不得挠死我，最后不还是㞞了？今天你爹我教你一句话，你一定要记得：人有的时候就要脸皮厚，就要有死不承认的不屈精神。”

二蛋听完他爹这一番表白，哭笑不得，这和学校教的东西完全不一样。他小声道：“难道脸都不要了？”

“要脸？脸能当饭吃？周围又没有认识咱的人，还能怕有人把这丑事传到村里不成？得了吧，现在的人忘性大，再稀奇的新闻看看三天也就过去了。再说我一个平头老百姓，没有人记得我。”

走了几里路，老毛子从褡裢里拿出一个水壶拧开，喝了一口水问：“这两天小倩给你打电话没？”

听到小倩的名字，二蛋沉默了，他用力地踢开脚边一颗不顺眼的石子。二蛋他爹就明白了，慢吞吞地说：“这事你不要急，有老子在，天就不会塌下来,小倩迟早是你的人。”

“拿不出二十万彩礼钱,小倩她妈那一关也过不了。你又不是不知道她妈,十里八乡有名的厉害的人,性格还特别拧,而且最擅长抬杠。她说出来的话谁能收回去?除非你是她爹!”

“净胡说八道。你放心吧,她的驴脾气我有办法对付,硬的不行咱有软的,她这样性格刚强的女子就得靠我这样的机灵鬼对付,她保准吃我这一套。”

“得了吧,你就吹牛,说大话风会扇断舌头的。你难道不知道村主任、镇长都拿她没办法?”

老毛子只顾喝水,似乎在盘算着什么,想到小倩她妈的“事迹”,他也不敢完全说有把握。

小倩是二蛋的高中同学,两个人是同桌,在学校就开始谈恋爱,以至于影响了学业。从县城高中辍学之后,小倩去了一家幼儿园当了老师,一个月只有几百块钱工资,少得实在可怜,她妈妈没少含沙射影地骂,骂着骂着就会骂到二蛋,埋怨二蛋耽误了女儿,考不上好大学,在乡下受罪。说起小倩吧,长得很漂亮,成绩算是中上等,在班里不大爱说话,戴着眼镜,一副很文静的样子,二蛋跟她同桌以后一千遍一万遍地呼唤她,终于确定了恋爱关系。俩人卿卿我我,不分彼此,去食堂吃饭都要互相喂的,成绩自然不用说了。班主任也没办法,开导了几次,希望他们以学业为重,可全被当作耳旁风。有一次老师讲历史课,讲着讲着讲到了文化,说起了学生谈恋爱的事,老师说:“学生谈恋爱本无错,但影响是不一样的。如果是个男孩子,考不上大学也没关系,村里人会说,你看谁家的娃多有出息,上学带个媳妇回来。要是个女孩子就惨了,别人绝不会夸她把自己卖掉的,一定会用手戳着脊梁骨骂。”老师这话引起同学一阵哄堂大笑。二蛋发现小倩面红耳赤坐立不安,还和老师吵了一架,闹得十里八乡都知道了,就这样两个人坚持了一年多,高考是完全没希望了。回家后,小倩的妈妈就生气,故意带她去田里干活。小倩累得够呛,受不了时,妈妈就会说:“想坐空调屋里享福没那个命,弄出这个样子还想当太太,你看看庄稼地里都是什么人?哪个不是被风吹日晒满脸黑皮?见过谁戴着眼镜坐地里?难道是做学问吗?”小倩听了一言不发,默默地流泪。

小倩在这样的家里每天都要受各种气,就给二蛋去信让他赶紧娶了自己。二蛋跟他爸一说,托了媒人来定亲。没想到小倩的妈妈一听是二蛋特别生气,最后扬言,没有二十万彩礼钱,休想打她闺女的主意。这不,就因为这,老毛子才加紧挣钱的步伐,每隔几天就弄几头牲口贩卖,每次还不敢去同一个地方,附近乡镇的农贸市场几乎都去过了,紧赶慢赶攒了十万块钱。这才只达到彩礼的一半。

老毛子又开始絮絮叨叨起来:“再做几单生意我就洗手不干了,我的名声怕是要在行里毁掉了。没想到我做了一辈子的经纪,最后落个这样龌龊的结局。要不是供你姊妹四个上学和给你妈治病,咱家的楼房早就盖起来了。”

二蛋看他爹说话时一副落寞的样子,有点于心不忍。自己有三个姐姐,中间还流产两个,为了生个儿子,他爹没少动脑筋,刚生下他的时候,他爹置办礼品去感谢道长,发现道长外出云游去了。等道长回来后,又让道长给孩子取了有文化的名字,小名就叫二蛋,这是因为贱名好养活,大名叫“雷鸣”,希望他今后能成大事。为了这,老毛子一直尊称道长为“老神仙”,道长活到九十多岁去世,还是二蛋爹给道长弄了口好棺材,比对二蛋他爷爷还亲。

不管怎么说,二蛋他爹还是最疼二蛋的,二蛋许过的愿望没有实现不了的。小时候,有一次二蛋看到同学有个米老鼠的书包很好看,就想拥有一个,半夜说梦话被爹听到了,他爹半夜就跑到县城蹲守在超市门口,一开门他就抢进去买了个好书包回去。这次,二蛋想娶小倩,他爹也知道二蛋的心思,所以也是拼了命地挣钱。

说着说着,他们离村口近了,回家的路显得轻松多了,虽然是同一条路,二蛋总觉得回来比去时要近很多。他们走进村,刚走上大路,就看到有个抽旱烟的老头拦住了路,二蛋一看,原来是村里的王大爷。王大爷慈眉善目,一辈子也没见他跟谁红过脸,属于典型的老实人,而且年轻时还作为义务工参与加固沙河工程,由于肯下功夫,还曾是省里的劳模,上了县志。但他今天一副垂头丧气的样子,冲着二蛋他爹怯怯地叫了一声:“老弟!”二蛋他爹问道:“出了什么事?”王大爷重重地叹了一口气。

原来上个月王大爷需要用钱想卖掉家里的大黄牛，正好找到了大毛子，大毛子拿了二百元佣金许诺一定给他卖个高价。没想到第二天就领来一个人，给出了一个很可观的价钱，但是来人身上的钱不够，付了五百元定金，承诺几天后带着余款来取。没想到这人一走，再也没了消息，王大爷几次到二蛋家打听下落，大毛子总是不在家，一次面也没碰上。他左等右等受不了了，家里急用钱不能再拖，老婆子也骂自己窝囊，最后考虑一下只好先卖给别人，等那人再来时把定金还了，大不了再补贴一百元路费。昨天他刚把牛卖给了十里外的一个人，今天那个买主就来了，一听这消息十分恼火，当下就在院子里撒泼，王大爷哪里见过这样的凶人呢，当下就来找大毛子。

二蛋和大毛子进到王大爷的院子时，已经站了很多看热闹的人，就见院子当中有个胖胖的光头，还带着两个高个子，胖子正在大骂："我就这几天出了一趟国，你就把我的牛给卖了，怎么一点信用也没有？我付了定金还能跑了不成？我这几百万的大生意都不顾，专门来牵我的牛，你竟然给我卖了，你知道我损失多大吗？我是跟外国人做生意的，说好多少斤那是一两也不能少，违反了合同要赔几万块钱违约金。今天你不给个说法，我定不会饶你。"

周围的群众噤若寒蝉，都不敢说话。这几个人戴着墨镜，脸上冷冷的，最令人胆寒的是，有一个身着黑衣服的年轻人脸上有一道狭长的刀疤，就像一张魔鬼的嘴一样。胖子回过头来，二蛋一看很眼熟，想一想原来是早晨骡马市场上发话的玩核桃的胖子，没想到他竟然跑在自己的前头，还出了这样一个事。这个胖子表情冷凶，一看就不好惹，看来非得自己的爹出面了。毕竟他们是熟人，应该能帮帮王大爷。

令谁也想不到的是，胖子好像根本不认识大毛子，扬手给了他一巴掌，骂道："你担保的好事！"一看有人挨打，很多村民吓得都把脑袋缩回去。这时候，胖子从口袋里掏出一张合约书，高高地举起："我这儿有证据呢！没想到三爷走南闯北，居然被这两个老东西给坑了。今天要么赔钱，要么就去蹲班房。只要我把这个东西交给警察，不判个三年五年，罚个三万五万的才怪呢！"

听到胖子这样说，王大爷一下子瘫倒在地上，一副懊恼的样子，垂着脑袋，弓着腰，两条腿有气无力地耷拉着。他的样子就像一个泄了气的皮球，软绵绵的。

这时候大毛子递出一根烟，喊道："三爷，这都是我的错，千错万错我不该卖掉你的牛。要打要罚你冲我来！不要为难老实人。"二蛋之前看到父亲挨打就想冲上去拼命，却被父亲给扯住了，这下听到父亲说出这样勇敢的话，又觉得他的形象霎时高大起来。他激动得几乎要流泪，心里想道："如果真的动起了拳脚，咋说也要保护好爹。"二蛋咬咬牙，悄悄握紧了拳头，随时准备帮助父亲打架。

被二蛋父亲称为"三爷"的人好像并不高兴："打你有什么用？我

这边要吃国际官司的，今天没个两万块钱甭想打发我，要不然我就报警，咱们上法院，让他坐几年牢。”

“可别呀，三爷！”老毛子急得快要哭出声来了，他的眼睛和鼻子都要挤到一块去了，似乎很想酝酿几滴泪，但就是出不来。王大爷更是木然，完全没了主意，大叫道：“我哪有两万块钱呀，我要是有，也不至于卖牛呀！”他头直往地上撞，带着颤音哀号着，哭得伤心欲绝。好几个村民都跟着抹眼泪。看到这情况，大毛子道：“三爷，这千不该万不该，是我给你介绍了这个生意，让你受了损失。但老王是好人，咱不能让他吃了亏。你也可怜可怜吧，给你一万块钱赔偿得了。”

听到要赔偿一万块钱，王大爷表情呆滞，两只眼睛死死盯住三爷。三爷被盯得浑身发麻，有人小声道：“你看老王眼珠子也不动，说不定会咬人呢。”也有人说：“我看老王是心如死灰。”大毛子上前拉住老王，喊了两声都没有应答，他有些手忙脚乱，啪啪给他两巴掌，呸的一声吐了口唾沫。老王哇的一声清醒过来，嘴里喷出一口鲜血来。

三爷一看，这是要出人命呀，连忙看着大毛子。大毛子正在抚摸揉弄老王的胸口，待他缓过劲来说：“老王，这事你别愁，一万块钱我出五千，怎么着也不能让你受这份罪。”老王缓缓地清醒过来，听到大毛子这样说，感激得哽咽不已：“大兄弟，这怎么成呀？二蛋还要结婚，我怎么能让你为难？这事赖我，是我不讲信用，和你一点关系也没有呀，你咋那么好呢？我这头牛才卖了八千块，一下子被坑一万，这就是不守信用的结果。罢罢罢,我认了,让大家引以为鉴!”

“别为难老实人了。”村民们看老王这样难过,有点义愤填膺。三爷看到这情况,叹了口气说道:“别说了,我也不是什么坏人,看你这样子真是不忍心。你拿六千块钱得了,剩下两千你留着吧。记住,下次不要这么缺德了!幸亏碰到的是我,换了别人非烧了你的房子不可”。

老王颤巍巍地走进屋里,拿出六千块钱,大毛子上前扶住他,叫道:“王哥,你让我怎么说你好呢?”他将头扭过去,手背在眼角擦了又擦。

正当三爷数钱的时候,忽然门外传来阴阳怪气的笑:“是哪来的流氓,敢到我们村欺负人?”人们一齐循声望去,来的是二毛子,这下可热闹了,二毛子是村里的能人,谁有困难都会找他说说,他总会有办法。跟在二毛子身后的,还有几个黄头发的精壮小伙子。二毛子走进院子里喊道:“我把乡里民兵叫来了,倒要看看怎么还有这样的无赖。”这下,气氛突然紧张起来。

二毛子瞥了一眼胖子,又瞥了一眼他大哥,问道:“敲诈多少钱呀?也不看看这是谁的地盘,也不问问我答应不答应。”说着,手一挥,几个跟班将胖子团团围住。

这下情况完全逆转了,二毛子是个聪明人,没有利益的事从来不会强出头。毕竟好汉不吃眼前亏,胖子把自己当作好汉,自然看得清楚形势,强龙难压地头蛇,他闯江湖也不是一天两天了,自然懂得分寸,他刚要说两句能下得了台的场面话,突然被大毛子的举动打断了。

大毛子忽然说道:“二毛子,这事是你哥惹下的,你哥已经结下了,你现在插一杠子是什么意思?打你哥的脸吗?”二毛子被大哥一骂,冷笑道:“那也不能让外地人来欺负我们村的人。”

大毛子又叫道:“话虽如此,我大毛子闯荡江湖这么多年,什么道理都不懂?不过现在是法治社会,知不知道什么是合约?你要是再闹,说不定连你一块法办。况且,你忘记六月份那件事了吗?”

听到大毛子这样一说,二毛子带来的几个民兵也一时踌躇了。三爷看到这个情形,害怕事情扩大,也赶紧借坡下驴,说道:“我跟大毛子多年关系了,也不想撕破脸,今天最好一团和气。”说罢,丢下一千块钱,算作请村民们喝酒了。

大毛子接过钱,直接递给王大爷:“这钱哪能拿去喝酒?这可是王大爷的血汗钱,我做主还给他!”围观者听罢,将大毛子视作英雄,也都叫好。没想到,大毛子表演欲很强,竟然又从口袋里拿出两千元,递给王大爷,说道:“吃一堑,长一智,你最近也非常缺钱,我这两千元算是资助你了。”

王大爷连连摆手,他哪能要大毛子的钱呢?可他最近确实非常困难,感激地说道:“要不,我把那三棵大柳树给你吧,这钱就当买树的钱了。”大毛子听了这话,推辞三次,最后不动声色地签下了买树的协议。从此,村里那三棵古树就归了大毛子。

事情处理完了,大毛子也因此得到了王大爷的感谢和村民们的赞许。傍晚时分,二蛋正在家洗衣服,他二叔忽然闯进院子里,令他感到奇怪,在他印象里,父亲的这个弟弟向来不喜欢到自己家,家务事错综复杂,好几次都打得不可开交。

二叔一进门就问:“你爹呢?”这时候屋里传来大毛子的声音:“进来吧,站在院子里干啥?”

二蛋在外头能听到他们俩在屋里说话。二叔跟父亲要钱花,父亲反问:“我哪有钱?”二毛子道:“你就别装了,我听我的弟兄说,胖子走的时候路过咱家,偏偏到刘婆子院子外面的厕所方便了一下,我刚刚去了一趟,刘婆子人都不在了,房子荒废着,厕所坍塌一半,粪缸都烂成八瓣了,那五千块钱一定是你们分了,所谓见者有份,你能让我空着手?”大毛子又道:“你真可笑,好好的你干吗不继续处理?我还等着看你好戏呢。”二毛子道:“你别装糊涂,我给你留着面子呢,要不是你提到六月份那件事,我能善罢甘休?”大毛子道:“六月份你咋了?有种做没种承认?你半夜翻进张寡妇的院子里,被她家的狗咬了吧?”二毛子道:“没想到这件事被你知道了?我进去的时候听到村主任的声音,我可不敢得罪他,幸好当天停电,村里的路我又熟悉,悄悄一躲就不见了。”大毛子道:“这事我早就知道了,一直不说就是为了有一天能拿住你,不然我今天就失算了。”大毛子说着,从抽屉里拿出五千块,对二毛子说,“按理说这钱我应该分你一份,可你也知道你侄子准备结婚正需要用钱呢,你想想黄三是什么人?他拿到五千块钱全部都给我了,自己还贴着路费,不就是为了你侄子早点结婚吗?你作为他的亲二叔,这钱你忍心要?”

被大毛子这样一问,二毛子有点不好意思了,不过他也感到非常疑惑,老大为啥要买那三棵古树,柳树长到一定年头,就会结很多树瘤,用处不大。自己的哥哥,一辈子就爱占便宜,怎么会突然转了性,平白无故花两千元买这几棵树呢?

大毛子语重心长地说:“其实,我早就开始打树的主意了。我们老庄说不定哪天就要消失了,这三棵树年龄很大,我小时候就喜欢在上面玩耍,它可是历史啊。这个老王为人老实,最近缺钱,我打听到了有好几户村民嫌树太大,怕有树枝砸到孩子,要把它们砍伐掉。你想,老王这个人,能守住它们吗?”

二毛子虽然有些不信,但看到大哥真诚的样子,竟也点了点头。这三棵树,如果被其他人买去,只能当柴烧,放在大哥手里,一般人还真不敢随意处理。况且大哥也计划好了,明天去把枯枝清理一下,消除安全隐患,树绝对要保护。村里人都没有文化,认识不到古树的价值,恐怕唯一有见识和情怀的,只有这两兄弟了。

二毛子看了看走进屋来的二蛋,嘿嘿笑了:“这是咱马家的独苗了,我这个做叔叔的确实不能让后辈笑话,这钱我不分了。”说着,大毛子和二毛子竟然商量起了二蛋的婚事具体细节,完全忘记了他们俩是多年的仇人这件事了。二蛋听完这一对活宝的对话，蹲坐在门口，靠着门框，默默不语。恍惚中他听见爹对二叔说道："这事还需要你多帮帮忙。"

第二天，大毛子早早就起床了，开始打扫院子里的卫生，竟然还破天荒地将粪堆移了出去，拉来两车土填池。他用扫把将墙上的灰尘都清理了一遍，一直忙到下午，又将院子外面五十米以内的路边杂草全部铲除干净，还撒上层层白灰，泼了一些水。

二蛋带着疑问："爹，你今天咋变样子，突然干起家务活了？"在二蛋的印象中，父亲常年在市场穿梭，低买高卖，家里的卫生没见他打扫过，一般都是姐姐们干。

"有喜事，你等着瞧吧，我要请小倩她妈吃饭。"大毛子满面春风道。

"你请她吃饭她也得答应呀，上次去的媒人被骂得哭了好几天，就连你都说不凑够二十万彩礼钱绝不敢上门，今天怎么这么自信？"

"你等着吧，今天你二叔出马，她明天一定会来。你二叔做别的事都不靠谱，但若是对付女人，他还真有一套。天底下没有哪个女人能不上你二叔的当，咱们走着瞧吧！"

二蛋听到爹一句一个"你二叔"，感到很不习惯，这俩人也不过是昨天才和好，怎么现在变得那么"亲"？二蛋对他爹说："你以前不都是不让我叫他二叔吗？你都喊他'那玩意儿'，今天咋又变了？"

“你胡说，那是你亲二叔，你爹的亲兄弟，打断骨头还连着筋呢！正所谓夫妻没有隔夜的仇……不，说错了，是亲兄弟没有隔月的仇，就算是有了矛盾，面子上过不去，心里都亲着呢。”

傍晚，大毛子骑着自行车带着二蛋去镇上的理发店。回来的路上，他们都显得精神多了，大毛子还买了一瓶二锅头，裁了一块花桌布，又买了一些水果、瓜子。到了家，他将桌布铺在上面，变戏法似的拿出几个瓷盘，将水果、瓜子摆上去，退回几步再看，上前来重新摆放，一直摆放出他想要的样子来，让水果、瓜子无论从色彩、形状、大小上都体现出艺术般的美感。不仅如此，大毛子还换了一个明亮的节能灯，水果、瓜子被灯光照着闪着令人迷醉的光彩，仿佛在灯光里沐浴一般。二蛋忍不住道：“爹，你咋恁有才？不知道的还以为这是王母娘娘的蟠桃宴呢！”二蛋爹笑眯眯地道：“我啥事都能干成，别看是大老爷儿们，心思可细着呢！”

不一会儿，二毛子回来了，脸上喜滋滋的。大毛子问他：“成了没？”

二毛子叹了一口气，摇了摇头。

“你到底啥结果呀？一会儿笑眯眯的，一会儿又垂头丧气的，我的心都悬到嗓子眼了。”

二毛子哈哈一笑：“老将出马，一个抵俩。我办事你还不放心？”

“成就成了，还吓唬我来了。我早就知道你去没问题，快给我讲讲过程吧。”

二毛子喝了一口酒，擦擦嘴巴，志得意满的样子道：“我今天去了她们村，先是观察了一下，然后敲开了她家的门。小倩她妈根本不像传言的那样，在我看来风韵犹存，还蛮有味道的。”

大毛子说：“你可别胡说了，现在正事要紧。”二毛子回答：“你说得是，现在是关键时期，我得掌握住火候，更有分寸。”我敲开了她家的门，刚想说借点水喝，看到她妈那一副刁蛮的样子，我立马做出一副惊讶发呆的样子，我托着自己的额头，故意失神道，天哪，是我眼花了吗？这是谁家的小姑娘，长得这么水灵耐看？小倩她妈一听就乐了说，我都人老珠黄了，你是啥眼光？我看她接腔就展开三寸不烂之舌，把她从头发丝夸到脚后跟。因为我懂得，只要是女人，都喜欢听好话，只要夸她长得好看，没有不信的，没有不开心的。就算长得跟猪八戒一样，你夸她貌如嫦娥，只要多夸几遍，她准相信。女人在花言巧语方面是最没有抵抗力的。你想想她的老公在外面打工，自己脾气又暴躁，哪个男人敢和她开半句玩笑？其实她内心苦着呢，压抑着呢。我把她从地下夸到天上，从天堂夸到人间，我根据她的神态就知道她心里有什么苦，我越说和她越对脾气。我看时机差不多了，就对她说，如果咱两家是亲戚该多好呀，这样没事也能互相走动走动。她一听就问我是哪个村的，我说了咱们村。她就问起你和二蛋了，我把你们俩说成人间少有的好父子，她半信半疑。我对她说，你别看他们家没什么钱，可是二蛋特别争气，虽然大学没考上，但马上就能安排工作，到县里去上班。这可是女儿后半生的依靠，要有长远眼光，不要为了眼前的利益迷失，要找一个潜力股。结婚愿意多花钱的男孩，说明他找老婆困难，所以在彩礼上不计得失，但是这样的男人只能图一时面子，就是传出去人很大方，但是大方没有用，看那些虚的干吗？找一个好女婿胜过金山银山，你看古代多少财主将女儿许配给贫穷的书生，最后书生都中举了，全家都跟着享福。比眼前的彩礼或许不行，但若是比女婿长远前途，我们村的二蛋能抵得上好几个，不管怎么说他也是个高中生呢。

"听我这么说，她果然陷入了沉思。这时候小倩回来了，我一看那女孩就不错，是个好姑娘。小倩她妈想了又想，我曾经跟他家说过一定要先拿二十万彩礼过来，如今媒人都被骂走了，今天听你说了那么多他家的好处，我还真想去看看，但是这缺一个中间的说合人呀。我一听立马就揽下了这个活，自告奋勇充当媒人，并且我给她出主意，明天去二蛋家瞧瞧，如果不满意，咱扭头就走，如果很满意也没关系，你虽然对外面说了二十万彩礼的标准，但是给钱不还是要媒人见证吗？无论他家给多少我都在外面说给了二十万，这样你也不丢面子，女儿嫁出去也很光彩。说着说着，她就催促我赶紧定下明天的相家时间。我定完时间就要走，她非留我多坐一会儿，还说我讲的故事很好听，想再听几个呢。我哪能耽误正事，就赶紧回来告诉你这个好消息了。"

大毛子歪着头,嘴巴一撇:“我才不相信你说的话呢!她留你留不住?你一点也不动心?这话你蒙不住我。”

二毛子神秘地笑:“这你就不懂了吧?我说的火候就是这样,我已经挑动了她的春心,就不可再急切了,越是疏远女人越会觉得你是正人君子,越想亲近。很多年轻小伙子追女孩为什么追得那么痛苦?就是因为示爱太过度了,让女孩习以为常,反而觉得理所应当,也就不珍惜了。可惜我现在老了,若是也考个大学,定能成为大学里人见人爱的白马王子呢!不过,我尽早走还有一个深层次的原因,那就是显得我说话可信,这样她夜里不会嘀咕,不会对我产生怀疑,说不定今夜她会睡不着呢,恨不得天早早地亮,恨不得早点验证我的话。”

大毛子听完分析,道谢不止。这时,二毛子又补充了一句:“她能和我说半天话没有一句粗话,证明她还是蛮在意自己的形象的嘛。”

大毛子听完,诙谐地笑道:“喝酒!喝酒!不醉不休!”

这一夜,二蛋是在激动与不安中度过的,他觉得自己就像落到水塘里的一根稻草,被浪推着前进,原本爱情和婚姻是自己的事,虽然小倩是自己心爱的女孩,也想与她结婚,但他依然有一种被包办婚姻的感觉。他躺在床上想着心事,窗外的月儿又大又亮,他披着衣服盯着看,越看越看不懂。他觉得月亮好像一只巨大的眼睛,注视着人间的一切,它也是有情感的,开心的时候和忧伤的时候是不一样的,二蛋感到烦恼不堪。自己的爹在隔壁放肆地打鼾,声音一起一伏,节奏感很强。他每天干了那么多的荒唐事,倒真是能睡得着,倒是自己,自以为清白正派,反而在这失眠。有时候父亲做那些事,他真想立马揭穿,但他又想,这个世界上又有谁不是在演戏呢?只不过往往自身的缺点看不到,别人的缺点被无限放大罢了。

他又抬头看看月亮,像一个姑娘的大脸盘,它会不会也有烦恼呢?月亮冷笑起来,你这个普通人,竟然操那么多心,我有没有烦恼关你什么事?月亮生气了,一点一点移动,不一会儿就钻进云层去了。二蛋做了几次深呼吸,翻过身睡去了。

他正处于迷糊状态时,已经听到父亲在院子里扫落叶了,他翻起身来,看到母亲坐在堂屋里。她从镇上的卫生院回来了,前天身体不舒服,没想到这么快就出院了,而且还换上了二蛋从未见过的新衣裳,她的发型也做了调整。看到二蛋起来,母亲连忙从厨房端来馍馍和稀饭。

整个上午,他们三个人在院子里坐立不安,尤其是大毛子,比自己相亲还要激动。到十一点时,老远就听到了二毛子的声音,大毛子迎出门外,果然看到后面跟着女方家人,来了小倩的婶婶、阿姨、姑妈一大帮子女人。他只好热情地鼓掌,来掩饰自己的激动,他冲着最前面一个女人喊道:“小倩她妈,你真年轻!”结果引起一阵闹哄哄的笑。有人嚷道:“认错人了,这是小倩的小姨,人家还没结婚呢。”被唤作小倩小姨的女人回过身去:“我儿子都多大了,你净胡说。”

一行人进了院子，闹哄哄的，邻居家的几个形象好点的女人也都过来陪客，大家相互客套，说着违心的话，每当聊到婚嫁的细节都显得小心翼翼，尽量寻找合适的措辞。当有不同意见时，说得模糊不清，但又都心知肚明。二蛋觉得每个人脸上都戴着一个面具，都在拼演技。每一句话都让人捉摸半天，二蛋长这么大从来没有听过这么深奥的话。大家在一阵欢快的情境中交谈着，来人也被大毛子的彬彬有礼所折服，他像换了个人一样，说话也稳重很多，甚至总是蹦出几个歇后语和四字成语来。

眼看着事情都往好的一方发展，但大毛子还是觉得缺了点什么，他将所有的细节在脑海里快速过一遍，立即就找到了问题所在，他暗暗地动着脑筋。当所有的话题都说得差不多时，慢慢地开始冷场，这时候小倩的姑妈提出要走，大毛子挽留了几次还是要走，大毛子立即喊着要去送送，送到门口时，二蛋他妈怕风，不想往前走了。这时候大毛子掐了掐她的胳膊，眨了眨眼，弄得她莫名其妙，不过她也知道自己丈夫鬼点子多，跟他生活二十多年，几乎心有灵犀了，就一同往外面送着。走到村塘沿，女方家人全都住了脚，齐声说："留步吧，不能再送了。"这时候大毛子哎哟一声，别人被他的叫声所吸引，以为是不是有什么重要的事没安排，或者重要的事耽误了，都觉得他这声哎哟不合时宜。

但当他们知道大毛子为什么哎哟时，一个个都不说话了，而且还红了眼眶。原来大毛子忽然俯下身子，跪在二蛋他妈的脚下，嘴里埋怨道："鞋带都这么松了，也不紧一紧，你要是不小心摔倒了，可把我心疼死了。"他一边说着，一边将鞋带重新系一遍。结果感动得几个女人眼含着热泪，这些人大部分是留守妇女，平常丈夫也不在身边，看到人家如此知冷知热，谁不触景生情？尤其是在农村，两口子成了老夫老妻基本上都没什么爱情可言了，看到人家生活这么多年还这么恩爱，谁不羡慕呢？尤其是小倩的妈妈，差点就没忍住说，我明天就把小倩嫁过来。她心里感动不已，当爹的就知道疼老婆，教育出来的儿子肯定也差不了，如果把闺女嫁过来也算交差。

一切都是这么完美，但总有预料不到的事情发生。

他们在这里依依不舍时，忽然和几个手持钢管的年轻人撞上了。由于农村青壮年较少，这几年颇不太平，很多团伙四处流窜，到村里明目张胆地捉鸡捉鸭，有的看到谁家媳妇长得好，还上去调戏。谁也反抗不了，他们往往四五个一群，手里都有工具，即便报警，等警察来了，他们早就骑着摩托车溜之大吉了。

几个年轻人也愣住了，怎么一下子冒出一大群女人，抢了无数个村子，也没一下子撞见过这么多人。毕竟是做贼心虚，两拨人就这样对上了，这时候大毛子忽然嗷嗷一声冲出人群，捡起一块砖头就扔了过去，砖头落在摩托车上砰的一声，砸扁了一大块。他上去就揪住了一个青年的头发，又掐又咬，还夺下了钢管，只顾用力地敲打。被大毛子这么一刺激，几个妇女老人等在场的一下子全上了，随便拿起什么武器就冲上去，把几个年轻人吓得够呛。他们平时遇到的都是老实温顺的农民，没遇到这种情况。打斗没持续几分钟，年轻人都落荒而逃，还丢下了一辆摩托车。

人们静下来后才发现，如果大家团结起来，倒不怕这些歪风邪气，她们虽然头发乱了，有的鞋跟都断了，但都很兴奋，这是胜利的喜悦。听说这边出了事，村主任很快开着车带了一帮窑工过来了，直冲大伙竖大拇指。可是，大毛子脸色却不好看，刚才他还生龙活虎的，现在静下来竟有点站不住了，他的衣服上有很多血。二蛋抱住他爹，村主任立即安排人把他们往镇上送去。车上二蛋陪他爹坐在后面。等出了村子，二蛋对他爹说："你不要再演戏了，你就是不负伤也是英雄了，我这婚事已经铁板钉钉了，你没看到那群女人对你佩服的样子。"可是二蛋说完就觉得不对劲，大毛子开始哆嗦起来，他掀开爹的衣服一看，肚子上被戳了个窟窿。刚才只顾兴奋，没感觉到疼，现在失血多了，开始严重了。

二蛋哭道："都是为了我，你才去逞英雄，你这一刀挨下去可怎么受得了呀？"

大毛子握着儿子的手，看到儿子为自己流泪，反而凄然一笑："我今天是好汉不？"他说起话来显得有气无力，很虚弱的样子。

二蛋泪流满面，重重地点点头："你是好汉，可你干吗这么拼命？"

二蛋说完，看到父亲微微闭着眼睛，忍不住用手给他合上。结果大毛子猛烈地摇了摇头，嘴巴呸呸吐了几声："我又没死，你可真孝顺！"说完这话，他狡黠地笑了，虽然身上没有什么劲了，但他不想憋着这话。

"别哭了，二蛋，我跟你说实话，我刚才那么拼命绝不是为了演戏，即便今天只有我自己，我也会拼命的，你可知道为啥？"

二蛋摇摇头说："不知道。"

大毛子欲言又止，最后还是说了出来："本来见到这几个人，我也有点害怕，但当我看到摩托车上的几只鸭子时，我就忍不住了，那是咱家的鸭子呀！跟谁家的也混不了，这几只鸭子我本来打算明天去卖呢，哪能让他们给抢走呢？所以我就冲了上去。"二蛋听完，觉得哭笑不得，对他爹说："咱家的鸭子今天都在圈里呢，一只也没放出去。"大毛子扑哧一声笑了，显得十分滑稽，他的伤口正汩汩冒着血，居然还能笑得出来。

大毛子笑完又说："儿子，你当爹是说真心话吗？我在江湖闯荡多年，也算得上圆滑世故了，如果一只鸭子都斤斤计较，哪能生存到现在？"大毛子说这些话时有些力不从心，他饱含深情地看着儿子，叹了口气，继续说道，"爹这一辈子没什么大出息，喜欢到处说瞎话，但是我对你、对你妈是彻底的爱！最重要的一方面，只要还是个爷儿们，就要有血性。我虽然常教你不要做个老实人，但是不代表你要做个没有原则性的人。保护自己的家园和亲人，是任何一个爷儿们都应该做的，如果不打压他们的气焰,老百姓还能活吗?”

二蛋抱着他爹,满脸都是泪:“爹,你快别说话了,省点力气吧,马上咱就到医院了。”

“咳咳,刚才那一刀扎太深了,我也许快不行了。这辈子你一直看不起我,但我有句话一定要告诉你,咱们马家曾出过将军,出过英雄,今后你一定不要给列祖列宗丢脸!”说这些话时,大毛子竟有些回光返照的感觉,反而有了精神劲头,他紧紧地抓住儿子的手,悲怆地说,“你爹被人喊了一辈子毛子,你可知道毛子是什么意思?我嘴上不介意,但我心里一直有怨气!我偏偏教人看看,在大义面前,在抵抗坏人面前,靠的还是我这种人……”

二蛋哽咽不已,抱住父亲,父亲的头发花白,脸上布满皱纹,看起来比真实年龄大二十多岁,这个瘦弱的男人,为人处世看似不分善恶,却比任何表面善良的人都倔强,腰杆也特别硬,尤其是这件事,让二蛋觉得,独当一面的父亲渐渐高大起来。父亲说完话在他怀里沉睡,二蛋看着村路两边飞速倒退的树,心潮汹涌,感慨万千。他忍不住在父亲的额头上亲吻,心里默念道:父亲。

城市深处的鱼

出门时正是晴好天气,明丽的阳光照得城市如同雨水清洗过一样,高架桥蜿蜒盘旋,一辆辆轿车闪着银光,鱼一样穿梭。高楼上透明的玻璃闪着耀眼的光芒。窗外是高远的蓝天,风撞击着楼群,发出跌跌撞撞的狮吼。我正在单位开例会,商讨一个关于业界精英采访的问题,这时候手机发出嗡嗡的振动。我瞥了一眼屏幕,悄悄地用手摁了一下手机静音键,整个动作很隐蔽,会议的流程丝毫没有被打断。

一个小时后我拨通了阿九的电话,听见我的声音,阿九嘿嘿两声,用斩钉截铁的语气告诉我:“今天甭想做别的事情了,咱俩一起去参加老满的追悼会。”

我听后就笑了:“老满怎么会死呢?他那么喜欢活,你死他也不可能死。你最近是不是皮痒了?传播谣言是要进局子的。”我一边开着玩笑,一边打开记忆的闸门。老满是这个城市里知名的企业家,一头油光锃亮的大脑袋,说起话来十分响亮,年龄不过四十岁,怎么说走就走了呢？阿九和我说话的语气从来没有那么坚决过，即便老满去世了，似乎也没必要让我必须到场吧，我和老满的关系并没有到那种非去不可的程度。

我下午有采访任务，恐怕去不了，况且追悼会设在昌平，来回要几个小时车程。我正要拒绝，阿九打开了话匣子："力哥，这件事有蹊跷，难道你就不想知道？你要想一想，为什么我单独约你一定要去，难道不想问问我缘由？我阿九无论做什么事都替别人着想，从来没难为过谁，今天为何要你无论有多么重要的事情，都要放下而来参加一个英年早逝的企业家的葬礼？一切都是有原因的，在北京的这些年，我一直把你当作我心目中的老大，而且通过你认识了老满，并在他的帮助下飞黄腾达。你以为最近我与你联系少了就是忘恩负义吗？错了，在我的心目中，你依然是我人生路上重要的贵人。你就是我的定海神针，只要有你在，我就不会走错路。同样的道理，老满也是我的贵人，他让我脱胎换骨，我岂能忘记？听说老满去世了，不管怎么说，我都要送他最后一程。而你，我最亲爱的朋友，我的大哥，今后我还需要你来做我的主心骨，你可一定要去，如果你不陪我去追悼会，你就是认定我撬走了你的资源，不配做你的朋友，对我心生怨恨。俗话说，人死为大，我们之间的恩怨也该随着老满的离世而全部放下吧？今天一大早我就接到了老满秘书的电话，告诉我老满去世了。而且秘书特别强调，我们俩一定要去，你说这里就没有什么秘密？"

阿九嘟囔了一大堆话，令我感到十分好笑，我甚至能想象他说这些话时，眯缝的眼睛挂在无辜脸上的样子。阿九这个人胆子很小，留过洋，是地地道道的海归，英文说得很好，喜欢写小说，性格有些懦弱，做事情常为别人考虑。最大的缺点就是十分好色并喜欢想入非非，比如做了梦就开始幻想发大财，正是他的一贯作风。

正当我犹豫不决时，老满的秘书也给我打来了电话："是阿力吗？你的朋友老满去世了，请你今天务必来一趟追悼会，有一个非常重要的东西要转交给你。"老满的秘书说话冷冰冰的，也许是跟随老满太久了，说话也那么果断，不容许人反对。

这时候，我的好奇心一下子被勾了起来。老满的形象一下子在我脑海里浮现出来。

我和老满的关系有些复杂，与他认识有些奇遇，也有些尴尬，后来陆陆续续在商会沙龙见过几次面，但基本上都是"人群中遥看一眼"，简单的眼神交流，并没有说过一句话。即便有机会在一个饭局上，他看到我就会面红耳赤借故离开。这种尴尬维持了三年多的时间，直到今天听到他去世的消息。其间，他从来没有主动联系过我。

三年前我初入财经媒体，还只是一个小小的见习生，虽然自认为颇有才华，但没有几个人能够赏识，更没有机会撰写热门稿件。平常蜗居在狭窄的出租屋内，一个人呆呆地望着天花板，饿的时候就插上电饭煲胡乱地煮上一锅菜，枕边书被翻得破烂不堪。这时候一位广告部的领导打电话通知我和他一起去参加一个酒会,可以结识几位广告客户,同时想锻炼一下我的酒量。

那个财经沙龙来了二十多人,有一半是同行,另一半是一些大老板合作的小企业主。我就是在那个活动上认识老满的。很多人想巴结他。他讲话时大家围在周围,众星捧月一般,唯独我远远地坐着,仔细观察他的样子:大圆脸,眼睛很大,嘴唇肥厚,脸上的皮肤坑坑洼洼,粗糙不堪,显示出岁月风霜打磨过的痕迹。他的脖子短,肚子大,但是腿又细又短,几乎可以忽略不计。他的个头矮,如果他背着手,整体看来就像一个大葫芦,只剩下肥硕的大秃头和圆滚滚的肚子。

我并不是一个外貌主义者,不然凭他这长相,我根本不会关注他。他的讲话很精彩,口才甚佳。我甚至能感受到他厚厚的脂肪下埋藏的学识和才华,每当他讲到精彩绝妙处,我都忍不住点头。不知道为何,他的声音越来越洪亮,越来越有磁性,渐渐地好像就在我耳边演讲一样,周围的其他声音几乎都可以忽略不计了。我一抬头,发现他正圆睁着两只大眼睛注视着我,似乎只对我一个人在讲话。我每一次点头,都似乎给他注入了兴奋剂。整个沙龙就像只剩下我们两个,我们俩目不斜视地对视很久,直到主持人多次提示时间,他才恋恋不舍地将话筒交给别人。

整个活动,我俩的目光总是有意无意地碰撞,每次碰撞我都像触了电一样,浑身上下产生一种痒麻酥酥的感觉。我甚至想,如果他是个女人，我一定会爱上他，他也一定会有这样的感觉。老满说过："每个人身上都有磁场，某种特定的缘由让磁场达到同一频率时，会产生共鸣，将两个人的精神世界连接上。"我和老满大概就属于那种状态吧！他讲话时我听得极其专注，所以才会将他的注意力完全吸引过来，而其他人各怀心事，只想与之接近，并不关注他在讲什么，只有我捕捉到了他的精神线索，并顺着这条线索，与他达到同一高度。

大家自由交流时，老满甩开几位想与他交换名片的人，径直来到我的面前，很多人感到惊讶，却早在我的预料之中。他主动伸出手，很有力地握住了我的手，他的手心像他的脸一样粗糙，厚厚的茧似乎长了倒刺一样，将我的手指扎得生疼。他用力地握了三次才依依惜别地松开。我们俩突然哈哈一笑，就像提前编好的剧本一样，不，再好的剧本也写不出我们那种同时大笑的默契。这时候我的领导过来了，几次张嘴都没有插进话来，反而悻悻地站立一旁，等了许久，只好与几个"同病相怜"的人聊了起来。

晚上有聚餐，商会的会长就近订了包间，大家步行前往。老满自始至终一直和我畅谈，他的话没有被别人打断过一次。别人看到我们聊得火热，也都知趣地不再打扰。老满问我读过什么书，我如实作了回答，并说了自己的情况。没想到我俩竟然有很多共同读物，而且志趣爱好也多有相同之处。吃饭时，老满跟我坐在一起，温柔得简直像一只猫，这跟他的相貌完全不相符合。他从手机上找出几首原创的诗歌展示给我看，写得细腻而又多情，有几首写这个城市的夜晚，写他常常一个人感受这宁静的夜晚。我告诉他我读出了孤独，读出了无奈，读出了一种缺乏知音的寂寞感。我的回答显然让他感到十分满意，那晚我们都喝得酩酊大醉，饭后他非要陪我步行到地铁口。到了地铁口，他突然又改变了主意，打算陪我坐一段，地铁换乘的时候，他拉着我的手久久不放，不愿意下去。

那天我回到家，觉得有一种幸福感，觉得老满的相貌也突然变得可爱起来。他粗犷的外表下竟然有着一颗珍贵的诗心，有着浪漫丰富的情感。奇妙的是：无论我聊什么话题，他都能接上话，发出深刻而独到的见解；无论他发什么阔论，我基本上能对答如流。

这个相识开头是美好的。我可以不为金钱折腰，但我会被别人的才华所折服。没过几天，老满主动联系我，邀我一块去吃小吃，我很爽快地答应了。在团结湖附近一家逼仄的小店里，他笑盈盈地坐在一个小凳子上，就像一只肥猫被卡在桌子上一样，我十分担忧小凳子随时会散架，也担忧他低蹲久了会突然坍塌成一堆肉泥。

他点了两份豆汁、两个焦圈，每人各一份，而后又安排厨师炒了一份什锦猫耳朵。他乐呵呵地问我："这几样东西你可都认识？"

那时，我哪里见过这些东西，从小生活在平原地区，吃的都是面条、馒头、稀饭，长大后又去了南方，品尝过众多可爱小巧的点心。来到首都北京也不过一两个月的时间，还没有来得及细细品尝这些"北方特色”。

老满面露得意的神色:“凡是能在这样的环境吃饭交谈的,都是关系到了一定份上的朋友,若是一般的朋友或靠利益维系关系的人们,往往都去那些高档的酒店吃一些精细之物,你不信可以去看看。不过那些衣冠楚楚坐在高档酒店的人并不知道那些美味甘馐不是好东西,那些食物太过精细,精细的食物虽然味美,但不易消化,而且容易沉积在肠胃之中,人体只进不出,肠胃就会生病,人的抵抗力也会逐渐下降,各种毛病随之而来。”

我很是高兴,一则因为老满把我当作亲密的朋友,二则是因为我本人也是一个吃货,对从未吃过的新鲜食物总是抱着十足的好奇心。尤其是这豆汁,早就如雷贯耳,这最早是古代贩夫走卒们常吃的东西,没想到后来影响力越来越大,竟成为一种独特的饮食文化,还曾一度成为时尚潮流,很多文艺前辈都曾品鉴。

老满看到我一脸馋相煞是得意,特意指着豆汁对我说:“这可是我私人定制的,我找了丰泽园的师傅给我熬制的,现在很多人慕名去喝豆汁,哪里还能喝到正宗的?豆汁一般要熬上几个小时,令汤汁沸腾,然后用锯末点燃后似着非着的‘烟火’再烧上一夜,使得豆汁黏稠为一体,喝起来还有一丝香甜。你看街上那些‘急就章’而成的豆汁,碗端过来放在桌子上,才喝几口就‘泄’了,味道酸不拉唧,和刷锅水差不多。”

听老满这样一说，我顿时服气了。原来这小小豆汁还有这么多讲究，真是难为他还请人做好特意带到这“合适的环境”给我品尝，我内心除了敬佩便是感激。老满看到我赞不绝口，又指着猫耳朵说：“这可是山西有名的面食，后来传到北京，经过厨子的改良越发精细，先要切成黄豆粒大小的颗粒，然后用筷子捻，而且一定要用竹筷慢慢地捻，否则就差了些，煮好出锅才成功一半，最重要的就是这大厨用精心调制的配料下锅烹制，不同的调料味道可谓千差万别。就连当年堪称美食家的慈禧太后也大加赞赏。就近来说，人民艺术家老舍最爱品尝猫耳朵。他经常和齐白石、胡絜青到晋阳饭庄吃饭，每次前来必点猫耳朵，曾经留下一首赞美诗：‘驼峰熊掌岂堪夸，猫耳拨鱼实且华。四座风香春几许，庭前十丈紫藤花。’一时传为佳话。”老满在朗诵老舍诗时摇头晃脑，脸上一副陶醉的神情。

“老满，你也是个美食家呀，不比慈禧吃的美味少。”我忍不住赞赏道。

听我夸赞，老满更加炫耀卖弄：“再说这焦圈，讲究的是色香味俱全，以色泽金黄、形如手镯、焦香酥脆为佳。赞美焦圈的诗词那就更多了，比如苏东坡这首‘纤手搓成玉数寻，碧油煎出嫩黄深。夜来春睡无轻重，压褊佳人缠臂金’，更是让人回味无穷。焦圈和豆汁是最佳搭档，这个小店做得很是正宗。豆汁我自己带了，但焦圈一定要让老板亲自做，但焦圈也有缺点，经过高温油炸，热量太高，不宜多吃，所以我只给你点了一个。”

老满的肚子里竟然装有那么多知识，真让人刮目相看。我虽然也爱吃东西，但若是跟老满比起来，简直做徒弟都不配。老满似乎猜透了我的心思，宽慰道：“今后我们就是朋友了，凭着你的聪明才智，再加上我的熏陶与资金支持，再过几年，你的水平一定会超过京城很多美食家。到时候不管他什么香酥鸭、肉丝温粉皮、焖羊肉、两吃大虾、豆面糕、艾窝窝、糖卷果、姜丝排叉、糖耳朵、面茶、馓子麻花、萨其马、糖火烧、豌豆黄、豆馅烧饼和奶油炸糕等京城名吃，都吃遍研究透，再写上几本《舌尖上的北京》，我给你拿钱出版，你岂不出名了？”

这时候，老板端来一份蔬菜拼盘，老满指了指说最近“三高”，只能吃点蔬菜。话头一转，老满提出一个请求，他想在周六搞一个活动，如今这些年挣到钱了，想支持一下文学事业，让我组织几位文艺青年，他也找回一下自己的青春，费用由他来赞助。我听后当然举双手赞成，如有经济支持，这对我来说可以笼络一批年轻的诗友。从这以后，每天老满都会开着车带我在北京城转悠，给我介绍北京各种文化遗迹和传统小吃，他了解的比优秀的导游知道的还要多。我感到幸福而又满足。

转眼到了周六，除了我喊的朋友以外，还有人带了一些新朋友到场，其中就有阿九。阿九戴着一副眼镜，给人的第一印象是举止稳重，也很踏实。他十分爱笑，不过眼神总是很奇怪，后来我才知道那是色眯眯的感觉。阿九刚回国不久，是单身，很想有女朋友，所以只要有年轻姑娘扎堆的地方，他一准来，尤其是听说有人组织免费的文学沙龙，他更是乐滋滋的。他一到场就打听谁是组织者，刚通了姓名就喊我“力哥”，而且做起了服务工作，他假借签到留下了好几位姑娘的微信。另外一点，他也缺钱，毕竟约会是要有所付出的。

聚会当天，老满请我们到北京饭店吃饭，订的是豪华包间，无论是装修环境，还是餐具，都很精美。每上来一道菜，老满都会解说一番，赢得大家声声赞叹。随后是酒，老满带来了各种各样洋酒，他想挨个介绍酒又怕给人一种“炫富”的感觉，于是就忍住了，一味劝大家喝酒。留下来就餐的几位青年男女也很快被老满的才华所折服，纷纷喊他“满老师”。他不喜欢这个称呼，让我们喊他“老满”。

我和老满萍水相逢，却“一见钟情”，堪比知音。按理说这种“蜜月期”至少要持续半年，可也就是那天晚上，我与老满的关系突然冷淡下来，很多人不知道个中缘由，而我也从未向任何人说过。因为这是一件令人难以启齿的事，同时说出来也会有损老满的形象，我只好一直放在肚子里。而那天晚上我所遇到的事情，是笔墨难以讲述清楚的，而且恐怕令我终生难忘。

吃完饭，我们都醉醺醺的，已经过了凌晨，街上出来很多开着跑车的富人，这些人白天睡觉，晚上出来游荡，去一些灯红酒绿纸醉金迷的场所消遣。而我因为开心，酒喝多了，不知道东西南北了。送别几位朋友,老满说想在街上走走,而这时早已没有地铁了,我也不急于回家,就陪他走了一段路。路上老满盯着我的身高赞叹,然后又问我是否锻炼身体,那时候我有锻炼身体的习惯,由于自己独居,往来朋友少,很多精力只能发泄到运动上去了,每天要做两百个俯卧撑和两百个仰卧起坐,而且还爱踢腿打拳,身体是一级棒,很多大个子掰手腕都不是我的对手。老满笑道:“我其实看出来了,爱锻炼的人精气神不一样,你看着清爽,说明身体很好,现在许多年轻人个头很大但不中用。”听到老满夸我,我很高兴,当他的面还翻了两个跟头,倒立走了几米。老满更是惊异,眼睛闪烁着光,像个孩子一样兴奋。

“你的力气怎么样?能驮动人吗?”老满的问题令我感到奇怪。

“力气倒是可以,但驮人做什么?现在交通那么发达!”难道老满让我去驮人?我带着疑问。老满笑了笑:“我就是一个比喻,又不会让你干坏事。”

听了老满的解释,我不禁也笑了,心想:力气比我大的人有的是,老满有钱,什么人雇不了?

可是老满一路上表现有些反常,与那个风度翩翩的老满不是一个人,他还总是一副欲言又止的样子。走到最后,他终于还是憋不住了:“我这里有个挣钱的事,你想不想做?”

“挣钱当然好了,哪有人会和钱过不去?”我已经隐约猜到他要给我介绍什么活了。

不过，老满停顿了一下，说："这件事会牵涉别人的隐私，需要守口如瓶才能长久做下去。我看你为人不错，应该不是那种搬弄是非之人。"

"我当然不是，不过到底要我做什么呢？能不能透露一下？我考虑一下。"

老满笑了："今晚到我住处吧，一来咱哥儿俩好好畅谈一下，二来我好好跟你说说这件事。"老满说完，一个电话就叫来了一辆车。

我在车上头昏脑涨，酒劲上来，昏昏沉沉想要睡觉。车很快停了下来，黑暗中一栋别墅影影绰绰，看起来平淡无奇。我随着老满进去，好大的一个院子，里面走出来一个管家。虽然是黑夜，我也能看出大门厚重而华美，门两侧是花坛，上了几个台阶进了屋，我的脚下一软，原来铺着厚厚的地毯，仅看上面的花纹我就知道价值不菲。这个房子从外面看不出什么特色，正所谓"有肉不在褶上"，这是真正的外表平淡、肚里有货，就像老满这个人一样。正墙上有一个大屏风，画着山水林海，气势磅礴，墙上的壁纸金光灿灿、如梦如幻。上面的吊灯层层叠叠，恰似整棵缀满了珠宝的圣诞树。再看那些桌椅，以及走廊的字画，我感觉眼睛都不够用了。老满真是一个懂得享受和有趣味的人呀！光是房间的大就令我惊叹，还有房顶的高也令我咂舌。屋子里的器具令人眼花缭乱，目不暇接。转眼到了二楼，老满吩咐用人止步，他用密码打开一个门，里面呈现出一个我万分也想不到的东西来。不但我想不到，恐怕普天之下也没一个能猜到是什么，即便是世界上最富的富豪也不会知道老满的二楼还隐藏着一个大秘密。我敢说就算我告诉别人看到了什么，也没有一个人会相信，告诉一百个人，一百个人会说我胡说八道，告诉一千个人，一千个人会骂我编故事。可是，这是千真万确、毋庸置疑的真事。

那是一间等同于大会议室的房间，这间屋内却没有会议室所需的桌椅，也没有供人演示 PPT 的投影仪，更没有音响设备。屋子的正中央是一个巨大的玻璃柜，高达数米，占据了屋子的三分之二，里面有很多水，一些观赏鱼在里面游来游去，数十根供氧器吐着剧烈的泡泡。隔着厚厚的玻璃，我似乎听到了大海的声音，里面巨大的水量翻来翻去，真不敢相信二楼的地板如何承受住这样巨大的压迫。走到最内侧，一个盘旋的楼梯可以登上大玻璃缸的顶端，上面居然还有沙发和酒柜。我和老满一下子凌驾于浴缸之上，就像腾空一样，看着水波汹涌的水面，我有些晕眩。老满打开消毒柜拿出四盏水晶杯，又拿出一瓶红酒，似乎还问了我一声："要不要加冰？"而我，面对眼前梦幻般的奇景，惊愕得说不出话来。

老满自顾自地给我倒了杯酒，等我回过神来，他问道："怎么样？没见过这样的场面吧？"

我点了点头又摇了摇头，完全不知道该说什么。站在上面，看到水缸里浪花翻滚，我甚至感受到森森的水汽扑面而来，身上瑟瑟发抖起来。这时候老满站起身来,忽然朝浴缸里跳下去,我惊呼一声,却见老满稳稳当当地停在了水面上,原来水面之上还有一个透明的玻璃桥,不仔细观看真的难以发现。

老满张开双臂,似乎陶醉于这样的幻境,我看到他面色潮红、呼吸急促,喉咙里发出野兽一般低低的呻吟。

“老满,你快上来!”我大叫道,可他似乎沉浸其中难以自拔。

这时候我的鼻腔飘来了一股酒香,竟然来自桌子上的四盏水晶杯。难道除了我俩,还有别的客人?我看到晶莹剔透的水晶杯里的酒竟是两红两白,无论哪一杯都如宝石一样闪着诱人的光彩。白的那种,其实是略带浅黄,仅仅看上一眼就产生一股清凉之感,散发着绿茶和柠檬的混合香味。红的那种望之妩媚,犹如仙女弹琴,闻起来有樱桃的香味。我正诧异,老满已经上来了,他似乎很累,满头大汗,衣衫尽湿。

他用手弹了弹酒杯,发出清脆悦耳的声音,而那声音像清泉在岩石上叮咚,像翡翠落在玉盘里,余韵在耳边久久不息,我感觉那声音好像钻到我的耳朵里躲藏起来了,怎么也赶不走,似乎不在人间。老满看我痴呆,笑道:“这是世界上最好的水晶雕成的杯子,工艺也是最高级的大师铸造,不要小看这四个杯子,加在一起价值六百多万,不是最信任的朋友连见一眼的福气都没有。”听老满这一番表白,我感到受宠若惊,激动万分,忍不住多看了几眼杯子,只见它晶莹剔透,美妙万分,像天上高贵的公主一样。我以前喝酒只用过玻璃酒杯，不够纯净，而且声音沉闷无光。看来老满真是个性情中人，我感动得几乎要流泪。

他拿起酒杯微微笑道："看来你已与这两杯酒对话过了，这些好酒具有很深的文化底蕴，我们不是喝酒，而是在品尝一种失传的味道。"老满说完后长长地叹了一口气，又道："可是世人太俗，只知道酒好，而不会品尝。尤其是我们国人，味觉被多油多辣的食物弄得麻木了，已经尝不出好赖，想我们祖先诸多风雅之士，对酒对茶都有独到见解，凭借一看二嗅三咂四饮，立马就能得出酒的品类、年份、成分。而今天像我这样，懂酒知酒并在这种环境品酒的天下能有几人？"

老满说完，显示出一副高深孤独的感觉来。

他忽然直视着我，眼睛里涌出了泪花，抑郁道："我们在俗世中生活，肉体被各种欲望折磨，无法自由自在，可悲可叹！"

看着老满，听他说出这样难以理解的话，我觉得他不再是那个令外界羡慕的富人，而是来自古诗词的浪漫书生。

"老满，你有什么苦闷就告诉我吧，今天我会一直陪着你。"我很真诚地说道。听我这样说，他定定地看了我，叹了一口气，带着极度的信任解开了一颗扣子。我被这突如其来的举动吓了一跳，他抱住我的脚，泪流满面，声音哽咽。此情此景已经超出了我的正常认知，我还是一个刚刚走出校门的学生啊！我吓坏了！这个老满，经常在媒体上露面，在聚光灯下世人将他当作偶像，没想到还有如此懦弱的一面。本着对他的无限信任,我才一步一步走进难以脱身的陷阱里。我想到他之前的怪异和今天的聚会流程,越来越惊疑恐惧,难道我一世英名今天要栽在这里不成？我用力地甩开他,可他像是受到了极大的误解,努力地证明自己,同时也因为感受到了我的怒气而变得手足无措,他哭着喊着求我不要喊叫,他有重要的话要说。

我十分愤怒,质问道:"老满,你想做什么！枉我对你如此信任,你说的让我挣钱难道就是这吗?"我一边大声说话给自己壮胆,一边思忖着如何脱身,狭窄的盘旋楼梯难以行走,面前有深不可测的鱼缸拦路,或许我可以从这高台跳下去,可这被酒精麻醉的身体不听使唤,贸然跳下去恐怕半条命就没了。我再看看老满,他的身板恐怕不是我的对手,但若是硬缠的话,一时半会儿也难制服。况且万一掉入鱼缸里,我们两个醉汉岂不是命都要丢掉?

这时候我的酒意去了大半,大脑也越来越清醒,只是身体并不灵活。

"老满,你先放开我,有话慢慢说。"我想先稳住他。

老满果然慢慢放开了我,他像一只剥了壳的蜗牛软弱不堪。这时我也稳定了一下心神,看到老满一副颓然的样子,似乎一下子苍老很多,我又于心不忍。

"老满,你有什么话说?"我厉声厉气地问。

"不是你想的那样,我只求你一件事。我正是看中了你的个头和力气，加上与你投缘，才想到找你做这件事的。我有我的难言之隐，请你慢慢听我说。”

这时候我的心情平复下来，也想听听老满到底要说什么。

老满一副低声下气的样子，显得楚楚可怜。他道：“我是一个正常人，你可以放心，外界传闻都是瞎说的，因为我没有老婆，身边的秘书也从来没有年轻漂亮的小姑娘，外界的人看我表面光鲜，有很多女性把我当作偶像，时常来骚扰我，我并非无欲无求之人，可我知道这些女人看上的都是我的钱，并不是我这个人，而我至今也没找到一个令我心仪的完美女子，即便碰到一两个超凡脱俗的纯洁女性，因为我的相貌又入不了眼，所以至今单身。至于关于我是同性恋的传言，则是那些羡慕甚至嫉妒我的人居心叵测，恶意中伤。而我对这事唯有一笑而过，我是名人，深知世人喜爱关注名人，我若是做了回应，只会越描越黑，反而坐实了传言，不如泰然处之，一切随缘。你听了这话可以选择相信，也可以不相信，但是你一定有疑惑，我也知道你疑惑什么。你一定在想，老满这个人看似高深，原来竟也俗气，殊不知世上没有完美之物，更无完美之人，为何对女性如此挑剔？难道老祖宗教诲的道理都参不透吗？所谓月满则亏、水至清则无鱼，有些残缺的事物反而更令人回味和爱惜，最美味的食物往往‘平淡’，最昂贵的美玉往往有瑕疵，这个道理我不是不知道，只是知道得太晚了。我现在常有高处不胜寒的感觉，我拥有了这么多财富，身边也无亲人。每个人都有自己的难言之隐……这都是难以克制的。我曾经也不相信自己会这样，我以前多么自信呀！我觉得无论今后我拥有多少财富都能泰然处之，毕竟我读过那么多书，见过那么多悲喜剧。可是谁知，还是逃脱不了这个魔障，我染上了一个特殊的怪癖。”

老满的话娓娓道来，平静得如同讲述别人的故事。我仔细品味老满的话，说得很有道理，只是他绕了一圈子还没说到点子上。

他果然接着说道：“不知道从哪一天起，我感到日子压抑，生活无光无色，心情特别糟糕，我整日脾气暴躁，动不动就发火，身边的人见了害怕，朋友都躲得远远的。我躲进深山老林里静修，我还跑到国外散心，甚至参加了极限俱乐部去玩蹦极，可是那种负面情绪就是无法清除，反而越来越强烈，我似乎看到了它幻化成形，掐着我的脖子，令我几乎窒息，我有好多次站在楼顶想像鸟儿一样一跃而下，最难受的时候我用烟头烫自己的肚皮。”

老满说到这里，拍着他的肚皮给我看，上面密密麻麻布满了斑点，那些皮肤被火烫伤，发出幼鼠一般粉红的光，正常的皮肤反而像一张破烂的网一样覆盖在丑陋、肥胖、松弛的肚皮上。我惊异于老满的讲述，有些毛骨悚然了，他还有这么令人畏惧的一面？

“我知道你肯定对我说的话有所怀疑，因为你现在没有这样的经历，你不会了解我的痛苦。只有等到一天，你成了名、挣了钱，你就会被这种说是抑郁，不完全是抑郁，说是空虚，不完全是空虚的感觉缠上。你想想多少奋斗在大城市的年轻人提前遭受了超越年龄的煎熬而整夜睡不着觉？你想想新闻上讲述的故事有多少是成功人士？他们要么有钱，要么有理想，要么有学问，但还是无法排遣，我又怎能漏网？说到网，那段时间我的人生就像陷入了网一样，我就像一条鱼，本该自由自在畅游大海，却被一张无形的网束缚着。直到有一天，我做了一个梦，梦到自己是一条会飞翔的鱼，自由自在。所以我弄了这个大鱼缸，这个堪称文明时代一大奇迹的‘海洋世界’，我解脱了，释放了，我重新变成了那个斗志昂扬、天不怕地不怕的传奇老满了。”

“既然你已经好了，那你今天又是怎么回事？”我虽然在质疑老满，但语气里已经充满了同情。

“你不问，我也会告诉你，谁让我把你当成知心朋友了呢。这个鱼缸初建设时，对我确实有用，我有了烦恼便会来到这里。这是我的私人空间，连我的老管家都从未踏进来半步，你是第三个有幸参观我这神仙洞府的人，只不过前两个都未听我诉说过这么多话，他们进来看到这几吨壮观霸气的水，一个个吓得站也站不住，来到这高空，红酒都洒了一地。他们懦弱，哪里像你这样淡定？此后我越来越慎重，不轻易将人带到这里。经过这几天的接触，经过几次面谈和电话长谈，我已判定你是知我懂我之人，将来也一定会成就大事，所以我将你带来了，请你务必帮我做这件事，解除我的痛苦，我会用金钱来回报你，我会用荣誉来回报你，我会给你享不尽的人间福气，让你身边围绕数不清的妙龄女子，你一生都不用奋斗了。”

老满这一番表白，令我犹豫不决，多少人想认识老满都没有机会，我不但成为他的知心人，今后还可以听他谈论美食、华服、名画和各种精巧细致的奇珍异石，最主要的是我立马就可以拥有数不尽的财富。我想大多数人面对这样的陈词，会立马服软，甚至变成老满的奴隶也心甘情愿。而我虽然有所触动，但我毕竟还是我，如果我是一个轻易被诱惑的人，老满岂会与我做朋友？所以，我依然保持着冷静理性之心，等待着老满说出要我做的那件事来。

看到我有所动摇，老满站起身来，直视着我，一字一字地说出：“请你用绳子捆我勒我，请你把我当成最无用的垃圾，丢进这浴缸的底部。”

啊?！我吃惊地看着老满，后退了一步，身体紧紧贴着墙壁。那个光彩照人的老满，竟然提出这样奇怪的请求！

老满道：“我一直觉得自己是条鱼，鱼就该在水里生活，就该悠闲地扭动着身躯游来游去，可我有四肢，所以请你把我捆起来，让我变成一条鱼，一条没有手脚只有鳍的鱼。我要像水里其他鱼一样扭动身体，我会翻身，还会吐泡泡。你可以用鱼饵来喂我。当然，还要你在我几乎窒息不能存活的时候将我捞起来，你的力量我已见识到了，更何况别人都喊你‘力哥’，从哪方面来说你都是最合适的人选了。但是切记，一定是我窒息到极限、濒临死亡的时候才将捆绑的我捞出水面，多一分不要，少一秒也不要，一定要恰到好处。我感觉我与你心心相通，只有你能把握好最佳火候。”

此时的我已是满头大汗，心脏剧烈跳动，我用力抚摸自己的胸口，害怕心脏“破胸而出”，我用力闭紧了嘴巴，害怕心脏从口中飞出。我分不清是否还在人间，我觉得精神恍惚。我在心里默念，谁来告诉我眼前发生的都是一个梦，老满的样子和中邪没什么两样，他本来就光大的脑袋更加光大，似乎不是人的脑袋，而是一条胖大头鱼的脑袋。老满说他是条鱼，他真的是条鱼，他的眼睛鼓鼓的，一眨不眨，鱼就是不眨眼的。

我张口结舌说不出话来，大脑乱糟糟的，各种思绪混乱交织在一起，我一会儿觉得我是清醒的，一会儿又觉得我是混沌的，我感觉我一定是患了严重的精神疾病，不然我的面前怎么站着一条恐怖的鱼？就在我以为我已经没救的时候，我的手机响了，声音响亮而悦耳，让我回到了人间。老满急了，他表情生动，面带兴奋。一股血腥味直冲我的鼻腔，我被他逼得后退了一步，退无可退。我不知道哪来的一股力气，一个巴掌打在他的脸上，他的身子一趔趄，摔倒了。我拔腿就跑，他并没有追过来。

经过这件事，我元气大伤，精神上受到的刺激很久没有平复，后来很长一段时间也没见过老满。但是，我时常一想起他那一大段惊心动魄的话来，就被深深折磨，那种对一个人的形象在心里的落差造成的伤害缓了几个月才痊愈。不知道从哪一天起,每当我面对金钱诱惑时,老满的痛苦倾诉就会回响在耳边,我变得害怕金钱,以至于单位有好事别人都争着抢着,我却不敢贸然行动。但是城市的噪音实在太大,对心灵和精神的污染特别严重,我也感受到了那种无形的压抑,每当我站立街头,看到来来往往面无表情的人们,仿佛处于一个无声无息的默片里。后来,我渐渐地发现,即便是同样麻木的脸也有所不同,这个世上,每个人都有属于自己的幸福和痛苦。有人纸醉金迷,在灯红酒绿中迷失自我;有人整日奔波,在日复一日的劳作中忘却微笑;有人衣冠楚楚,一开口却透露出无知与浅薄;有人春光明媚,却不知他空洞的外套里,早已寻不到半点人性。我无论看谁,都能一眼看透他的前世今生。

带着这种令我惨痛很久才恢复元气的记忆,我见到了阿九。决定参加老满的追悼会,除了好奇以外,我或许还能写篇新闻,最主要的是,我曾经的一个巴掌断送了可贵的友谊,也应该去送一送故人。

因为一段时间的采访较多,我与阿九很久没见面了,他跟以前相比虚胖了很多,精神越来越不济,但是话依然多。这三年来,他经常找我玩,女朋友也走马观灯似的换了一个又一个。不过,有时候他会去拜访老满,有一些关于老满的情况我都是通过他知道的。而且,阿九还写了一本不着调的诗集,为了出版一次次去找老满,几乎磨破了嘴皮子,最后拿到了几万块钱赞助。对于他这种小把戏我是看不上的,虽然他与我年龄相仿，但我觉得他太幼稚，尤其是当知道他提了我的名字，老满才给了他几万块钱赞助时，我很不高兴，便数落了他几句。可他俨然一副死猪不怕开水烫的厚脸皮样子，真让人拿他没办法。

到了追悼会现场，前来悼念的人不算太多，也没见有谁悲伤。他的照片挂在墙上，脸上带着笑，显得很温和。无论他生前是什么样的人，这时候都要陈述赞颂一番。墙上一副挽联写道："桃花流水杳然去，明月清风几处游。"落款是一个诗社，听说这两年他没少赞助诗社活动，这副联子写得很符合诗社和老满的关系。我又接连看了几副挽联，有合作伙伴送来的：雁阵伤寒悲折翼，高山露冷痛独行。但是看来看去，商界的那些大佬朋友却是少之又少，就连经常在媒体上被称为"最亲密的伙伴"也没见有人到场。我看到最后一副联子：星归昆仑，功名事业文章他生未卜；仙驾瑶池，嬉笑悲歌怒骂到此皆休。我看到最后这两句话，心中不由得一愣，似乎有些玄机，一看落款，竟然是老满自挽联。

看来老满还是没有摆脱那个心结。这时候，只听见主持人发布老满的死因，是救助落水儿童而死。不过身旁也有人小声议论："听说不是见义勇为，河里根本没有人落水，老满非说有人在呼救，别人谁也看不到，他见人不信，还用手指着水面说：'你看那不是人吗？脑袋在水里一沉一浮，再不救就要没命了！'众人都往水里看，水面平静得如同明镜，哪有什么儿童？可老满不依，说得有鼻子有眼，就跟真事似的，别人起初以为他故意开玩笑吓大家，后来再往水里看，总感觉瘆得慌。没想到老满一下子就跳入水里去了，拦也拦不住，水很深。有人下去救他，可他一直往中心游，任谁怎么喊都不回应，最后他一个猛子扎下去再也没上来。”第二天，人们在下游的河滩上发现了老满的尸体。

“到底有没有小孩呼救呢？”

“哪有什么小孩呀，老满是压力太大，据说得抑郁症好几年了，为了面子也不去治疗，一直隐瞒着，那时候他的精神不太正常了。人去拉他的尸体时，河边有一条小鲤鱼一直往岸上跳，被人扔下去又跳上来，还眼泪汪汪的，人都说是成了精的。”

“你净胡说八道，鱼哪里会流泪？说不定老满说的小孩就是这条鱼呢，不过小鲤鱼是水族，哪里用得着他去救呢？我看他就是精神病，而且病得不轻。”

……

听到这两个人议论，我心里极不好受：“老满是什么样的人，也配你们两个八卦记者议论？”我不禁为老满鸣不平。可是这些事对老满来说都已经毫无意义了。照片上的他似乎年轻了几岁，似乎看透了这个世界，总是带着一丝讳莫如深的笑意。

不知何时，阿九突然从人群中消失了，任我如何找也不见他的身影。这个阿九，怎么如此无情无义，一点也不靠谱？这时候老满的秘书走了过来，递给我一份文件让我签字，说是老满的遗嘱上，特意提出将他那所大房子留给我。我听后十分诧异,这样的豪宅我真是承受不起,每天的损耗钱都让我难以支付。秘书似乎看透了我的想法,不禁笑了:“你不用担心各项开支,满总已经交到一百年了,他说房子里有个东西你用得着,所以你要去一趟。”

这对我来说是福从天降,不过也许并不是什么好事,我决定当天就过去一趟。我暗暗地骂了一声阿九,这个臭小子和我一块来的,竟然偷偷溜走了。

我跟出租车司机报了地名,又来到了那座神奇的大房子面前,它似乎比之前矮了许多,外观设计是中西结合,由许多柱子和镂空镶嵌,同时增加了斗拱和琉璃瓦,很明显这是后来加上去的,我猜是老满自己设计的。打开门,屋子里空荡荡的,似乎不欢迎我这个不速之客。我往里面走了几步,忽然一阵爽朗的笑声传来,我顿时鸡皮疙瘩都起来了,这是老满的声音。

果然出来的就是老满,他满脸春光,一副热情洋溢的样子,见到我紧紧地握住了我的双手,大呼:“欢迎,欢迎!我以为你不会来了呢。”我尴尬地站立着,不知道这是怎么回事。自从上次离开这个房子,老满一直躲我,我也无法面对他。

“老满,这是怎么回事?”

“什么怎么回事?”老满居然一副疑惑的样子,好像我的问题令他非常委屈。我看到他装模作样的样子,气不打一处来。这到底玩的什么鬼把戏？先是阿九打电话搅了我的工作，随后是秘书让我到房子里取东西。我上午参加完老满的追悼会，下午就见到了活蹦乱跳的老满，这样的奇遇也只发生在我身上。真正委屈的人应该是我，怎么反倒是老满呢？

不过令我奇怪的是，本该发火的我却没有发火，就好像我提前知道了事情的结果一般。我冷静了一下，仔细端详眼前这个老满，希望能和三年前我熟悉的老满对上号，我感觉很像又不像，会不会是一对双胞胎呢？可我立马就打消了猜测，天底下不可能有两个这样粗犷与细腻兼备的人。我的面前千真万确就是那个曾与我把酒言欢而又不辞而别的老满。

"你不是死了吗？"我的话刚出口又觉得有些唐突，这好像不太礼貌。

老满哈哈大笑："你是不是发烧了？我活得好好的，怎么会死呢？上午咱俩还一起参加阿九的追悼会，你怎么忘记了？本来应该咱俩一块回来的，我因为有事就先行了一步，你怎么忘记了？"

我一时呆若木鸡，感觉呼吸都是冷的。可是记忆告诉我，眼前不是真的。可我又实在拿不出证明来反驳。何况阿九确确实实是彻底消失了，没有留下一丝踪迹。我拿出手机拨打电话，阿九的号码已暂停服务。我傻愣愣地看着老满，心掉进了冰窖里。

无论如何我都想不明白到底怎么回事，只好望着老满。老满果然没有令我失望，他憋了一肚子的话，见到我这个“知音”怎能不说？

“你一定在疑惑阿九是怎么死的吧？你更想不到为何阿九死得如此突然。话还要从三年前说起，似乎我们的故事都是在三年前开始的，请让我带你回到那个起点。那时候你从我的密室逃脱以后，我被你推倒在冰凉的玻璃板上，突然万念俱灰，甚至也懒得挣扎，我只想静静地躺着，静静地伤心，我的脸上在流泪，心在滴血，我想我肯定活不下去了。我想我的秘密被你这个记者带到了外面的世界，你一定会拿这个爆料换钱，不但能得到很多稿费，你也会一下子成为著名记者，而我，恐怕立马就会身败名裂，到时候全国媒体会蹲坐在我的公司门前，我的合作伙伴会顶不住压力而逃跑，我的项目也会受到莫大的影响，围在我身边的姑娘们会发出哧哧的嘲笑，别人会看低我，我从此无法再出门。”

老满一开口就是长篇大论，而且是自顾自说着，根本不搭理我，好像我只是一块只会倾听的石头。我看到老满肥硕的脑袋上有几根稀疏的头发招摇着，他的双眼无神，眼袋耷拉着。我感到一阵晕眩，说不出话来了。

老满转过脑袋，忽然一阵僵笑，死死盯着我，似乎要把我看穿：“你也许会问，凭借我的地位，我可以像以前一样面对谣言置之一笑，可是这次不行，你若是把我的秘密带出去是对我最大的伤害。因为这是事实，我不能否认的事实，我一定会向公众承认，我这个人虽然做过很多浑蛋的事,但我从来不撒谎。当有外界质疑我时,我一定会坐立不安,如果我否认了这件事就等于否定了我自己,况且你是我当时最信赖的朋友,我怎能去伤害朋友?我甚至想到了死,甚至想到了我若是名誉受损,也一定要让你给我陪葬,咱们到那个世界继续畅谈,但是在你做出对不起我的事之前,我肯定不能伤害你,我有我的原则。但是,我毕竟拿你当过朋友呀,宁让你毁了我,我也不愿意负了你。我决定选择自杀,我的血液一点一点凝固,死神站在我的面前微笑,我也不去理会,一个想死的人说死就能死,他只要不断地朝着死去想,就像古代一些武林高手自断经脉一样,就像得道高僧随时可以圆寂,而我可以随时去死。就在我即将油枯灯尽时我忽然坐了起来,得亏走出去的是你,你是我万分看重的人,我相信我的眼光不会错,你不会为了一个爆炸性新闻而毁掉一个拿你当作知心人的人。我相信自己的眼光,果然,我惴惴不安了两天就恢复平静了。

“这时候阿九找来了,这小子油嘴滑舌,我很不喜欢,爱好文学却少有才气,喜欢诗歌却嗜名如命。我怎么会看上他呢?况且他总是色眯眯的,不知道将要祸害多少姑娘呢,这样的人越是有名气越做坏事。文学可以作为他美好的外衣,这样的年轻人我见过得太多了,幸而自古以来文人大多贫寒,贫寒就丧失了为祸作恶的资本。我说这话你别生气,你虽然是文人,但你和他们不一样,你和我一样有君子之风,为社会进步做事。阿九这个人将自己看得太高,但凡故作清高的人就会觉得其他人都是恶的，得不到的东西就会觉得世界是不公平的，事实上他们想的都是自己的私利，除非地球都围着他们转，得尽世上所有的好处他们才会觉得社会无罪。

“阿九写的文章我不是很喜欢，充满了太多灰暗和虚无的思想，这对读者有什么意义呢？可他反反复复地来拜访我，我也不好拒绝。他打着你的名号来要赞助，令我对他的人品产生了怀疑，但我又不得不给，我怀疑他是否知道了什么。他既然能打着你的名号出去做事，自然也会打着我的名号，果然我发现他就这样做了，我身边很多女人都围着他转了，这对我来说倒不是坏事，我也少了很多应酬她们的时间。”

老满说着，眼睛虚空看着，似乎沉浸在遥远的回忆中，但他的嘴巴一张一合，字字喷出连成一串串句子，我也了解了老满这几年来的状况。

老满告诉我，在阿九走进他的生活期间，他也曾轻松过一段时间，但没多久，他的内心又开始烦躁，自从我从他的别墅逃走后，老满更加小心，每天都想念我，好几次想去找我，打开电话又迟迟按不下去键，有时候会开着车偷偷跟踪我观察我，他说他每天浑浑噩噩，忍不住慨叹世上从此少了一个可以交心的人。他后悔自己的唐突，甚至想去找我道歉。

有一天老满浑身发痒，皮肤发紧，感觉热血在体内横冲直撞，大脑发蒙,他知道他的病又犯了。热得受不了,老满也顾不得什么场所了,就在办公室脱光了衣服,赤裸裸地站立着,明亮的落地窗映着阳光一闪一闪,他走到窗前,能看到对面办公楼的人影,渐渐地才觉得好受了一些,可是一点也不过瘾。这时候阿九来了,老满看到虚荣的阿九后眼睛一亮,豁然开朗,这些年自己一直想找一个能理解自己、懂自己、知自己的人做那件事,为何没想过找一个像阿九这样的人呢?这世上"懂我知我"的人大都是高级的人,怎么会做那种龌龊的事情呢?但是阿九这样的人圆滑、世故,只要有甜头,让他卖掉亲娘估计都愿意。

老满长吁一口气。

"果然,阿九疯狂了,他为了钱将灵魂出卖给我。遗憾的是他没有你的力气大,白长了大个子,都在'色'字上面耗费了,我给他办健身卡让他锻炼身体,尤其是加强力量的训练。我看到他一天天健壮起来,犹如看到自己的作品一样满意。终于有一天,我将他带进了密室,他立马就成了我的影子,我让他干什么他就干什么,但他总是小心翼翼、担惊受怕,生怕我一口气缓不过来,早早地就把我捞出水面,致使我没有完全过瘾,但我也满足了,毕竟他与我无法心灵相通。我对他的行为感到高兴,我给他的回报就是大量的金钱。如我所预料的一样,他迷失堕落得很快,整日脑海里装的都是如何享受,他的精神世界越来越空虚,他变了,变得懒惰而又愚蠢。"

没想到阿九就这样被毁了，自从他成了老满的附庸，所有的欲望都得到了满足，不但丧失了追求的动力，对看书也没了兴趣。不但如此，他变得爱激动、易怒，又过了半年时间，阿九开始出现狂躁的情绪，他开始坐立不安。从最初的老满喊他来他就来，变成了他天天打电话问老满什么时候带他去密室。只要到了那里，他就变得安静而温柔，他乖乖地倒上红酒，乖乖地将老满捆起来，然后沉入水底。看到老满自由自在地遨游，他的脸上开出一朵灿烂的花。他已经学会了欣赏这美丽的水下世界。过了大半年的时间，阿九已经离不开老满了，每天都要去别墅住，而且一定要睡在里面，让涛声拍击他的梦，否则他就无所适从。有一天，老满从水里出来时，发现阿九竟然坐在玻璃桥上，他身上捆着绳子，一丝不挂，他的身材真是好呀，每天的健身房锻炼让他布满了性感的肌肉。他用乞求的眼神看着老满，老满就知道阿九也想做一条鱼，老满给了他一个同意的眼神，他立马扭着身体跳入水中，将水面砸出一个硕大的水花。他那个兴奋劲头呀，就像一只刚见到草原的马驹，在水里制造出很大的动静。由于水够深，巨大的压强让他身体都扁了很多，他的脖子被水挤得很长，嘴里吐出大量的气泡，老满知道他快不行了，抓住绳子的另一端将他拉出来，虽然他块头也不小，但是从水里把他拽出来也不太费力气，老满说他只需要稍微用力，阿九就像一块烂木头一样浮了起来。最吃力的就是初出水面的一瞬间，下面的水少说也有几千斤，强大的吸力令老满双手颤抖，费了很大力气才将阿九捞上来。事后老满也报了健身房，这就是为什么今天看到老满发现他和以前不一样，现在的老满更健康、更自信。

提到阿九的变化，老满黯然神伤，我看得出来他很压抑。

“阿九纵欲越来越厉害，而且热爱享受，这怎么能行呢？一个人只往外出东西，就一定要进东西，不然就会变成行尸走肉。我劝他多看看书，甚至让他修习禅学，他不肯听，终于有一天就出了事。

“那天我回到家走到二楼，看到门并没有关严，心想坏了，我一进来就看到阿九漂浮在鱼缸里，身体已经发软发白，绳子紧紧地勒进肉里面，根本也无法解开，就像提前嵌进去的一样。我大哭一场，心想他毕竟还是太年轻，过早地耗尽了福气。每个人的福气都是上天分配好的，耗费得越快，死亡得越早，这就是修行者一般比财主长寿的缘故了。”

“阿九这样不明不白地死了，有人问起来怎么办？”我忍不住问道。

老满自然地一笑：“你不用担心，他不过是芸芸众生的一员，是人都会死的，每个人都匆忙地来到世上，行色匆匆朝前赶路，哪有人会关心一个平凡人的命运？况且，我是大名鼎鼎的老满，不管是金钱还是精神境界，都到了超越常人的地步。阿九是个可怜的孩子，他就这样走了，真正关心他的只有他的父母，连你这个朋友都算不上。我给他的父母拿了一笔足够令他们感激我一辈子的钱，这是我唯一能做的了。阿九虽然走了，但他并不算悲惨，至少还有人为他操心后事。而我老满，虽然身价万贯，如果有一天走了，恐怕亲人们只顾因分配财产不公而互相对峙，根本没有人会关心躺在棺材里的人曾是他们最亲最爱最敬的人。”

我定定地看着老满，心里蛮不是滋味，阿九怎么就这样没了呢？我实在接受不了。而老满，整个人已经完全轻松了，这些事恐怕他憋了很久了，今天终于又见到我这个“知音”了。

一脸满足的老满带着感激的眼神看着我：“整个事情我已经讲完了，阿力，一定是你发烧了，导致记忆力出了故障。我老满真真切切地站在这，而阿九已成了鬼，上午你参加的葬礼就是你的好兄弟阿九的。”

听老满讲完这些话，我点了点头又摇了摇头，这三年来的记忆变得模糊不堪，我头痛欲裂。我不知道哪里出了错。我忽然想起二楼的玻璃缸，那里说不定有我要的秘密。我快速奔上二楼，非常熟练地输入密码将门打开，回过身发现老满不见了。我大喊：“老满，老满，你在哪里？”走廊里空荡荡的，没有丝毫回应。我的手仿佛不是我的手，不但胡乱地输对了密码，还很自然地扣上了门，甚至还拍了一下脑门，这个拍脑门的动作和老满一模一样。

玻璃缸和以前没什么两样，供氧机强大的功率喷吐着氧气，里面的鱼群更加庞大，水草更加丰美。我走上旋转楼梯攀上顶部，一切如旧，只是主人不在。水击打着玻璃岸，碎成很多滚动的水珠。我闭上眼睛深吸一口气,张开双臂向下一跃,稳稳当当地落在玻璃桥上。水草遮住了视线,可惜没人清除。这时候我在水里看到了熟悉的面孔,像失势的螃蟹一样被缚住手脚,脸上带着憨憨的笑,一会儿变成老满,一会儿变成阿九,又似乎是我的倒影。我还未看清楚,很快就游到玻璃深处去了,那里有一群自由自在的鱼。

远方的消息

傍晚，微风吹拂着乡路两旁的麦苗，小村被绿油油的麦田轻轻揽在怀中。泉水乡中学退休教师李妍打扫好院子，正坐在走廊上晒暖，阳光温柔地从她银白色的发梢溜了下来，缓缓地落在地上。人一旦上了年纪，对任何细微的事物都有着敏锐的洞察力，李老师分明感受到风在睫毛上不停地跳跃。

门渐渐被打开，仿佛等待着客人前来，李老师闭上眼睛，知道风正从外面把门打开。退休二十多年，已经年过八旬，李老师早已习惯无人打扰清静的日子。正因为上了年纪，所以她对人情世故看得尤为透彻，在世态炎凉、人情淡薄的时代，一位乡村老教师，有什么值得别人拜访呢？

李老师依然静静地坐着，耳朵仿佛听到村外麦苗拔节的声音，这是她工作期间很难体验到的快乐。做了一辈子乡村教师，她不知道自己培养的学生算不算个个成才，在她的印象中最有出息的是镇派出所段所长，一位在当地屈指可数响当当的人物。退休后，她心里曾经空落落过一阵子，直到发现喜欢静静地回忆过去，才意识到自己真的老了。

就在她懒洋洋地陷入沉思之际，卧在脚边的狗突然竖起耳朵，然后伸了伸懒腰坐起来，用昏花的眼盯着门前小路。李妍老师知道一定有人来了。狗是老狗，似乎懂得人情世故，从不轻易吠叫，平时来客稀少，再故作姿态叫上几声，恐怕来的客人会更少。李妍老师很是惬意，心里不免有些激动。

“李老师在家吗？”果然有人在拍门。

李老师缓缓站起身来。来人是个身材瘦高的年轻人，佩戴着眼镜，一副文质彬彬的样子。虽然他还没报上姓名，李老师已知道来人是泉水乡中学的王校长。尽管她已退休多年，但还是比较关心学校的发展，眼前这位从县里派来的校长是刚毕业不久的博士，以支教的方式来到这离城偏远的泉水乡中学。

李老师热情地把王校长迎进屋里，颤巍巍的手在茶叶罐上摸来抖去，最终舀出两勺茶叶。“年龄大了，手总是不听使唤！”李老师自嘲道。但她心里清楚，手抖绝不是因为年老多病，她经常在家练字，手从来没有这么抖过。

王校长笑呵呵的，一点也不拘谨，看着柜子和桌子上摆放整齐、一尘不染的一摞摞荣誉证书，知道这是李老师的宝贝。他看得出来，李老师绝对是一位爱岗敬业的好老师。

“李老师德高望重，平时学校关心得太少了，今后我一定安排人多来几趟。”听了这话，李老师似乎有许多话要说，但由于平时很少与人交流，一时又不知从何说起。她不愿意一下子敞开心扉，生怕絮叨会令年轻人生厌。记得刚退休的时候，她喜欢找老同事串门聊天，直到有一年春节，她看到老同事家络绎不绝来了几拨学生，不禁伤感起来，同样是老师，前来看望自己的学生却寥寥无几，心里不免有些酸溜溜的，从此以后，她便很少出门。

“你还记得杨剑吗？”王校长开门见山。

杨剑？李老师听到这个名字，觉得有些耳熟，但一时又想不起来。她疑惑地注视着王校长，眼神中充满疑问。

王校长脸上挂着微笑：“杨剑是省内外较为知名的青年作家，近几年写了一些很有分量的小说，下个月回来，要到县新华书店举办新书发布会暨读者见面会……”李老师忽然内心有一丝波澜，随之一张稚气未脱、满腹委屈的小脸徐徐浮现在脑海。她终于想起来了，学生杨剑坐在最后一排，穿着较为寒酸，一副努力学习但成绩平平的样子。

“前天参加县文艺座谈会，我听到这个消息，经多方打听才知道杨剑是我们学校毕业的，你当过他的班主任。我想，到时候你可否邀请他回到母校给同学们做个文学讲座？”王校长兴高采烈地说，一副事在必成的样子。

李老师顺理成章地点点头，不禁有些激动，原来这个学生竟然如此出息！她忽然想到自己那时不但是杨剑的班主任，还是学校语文教研室主任。王校长的到来让她感到心情万般舒畅。

王校长走后，她忍不住仔细回忆起往事来。最初她不是杨剑的老师，原来的班主任张倩调到城里，从初二开始，才由她带杨剑所在的乙班，相对来说，班里没有成绩好的学生，她当时心里还真有些不悦。此前多年她一直带甲班，在她的严格管教之下，甲班一直代表着学校的升学率。至今，她都无法忘记第一次在乙班上课的情形：教室里闹哄哄的，走进班里许久才渐渐平静下来。望着一些学生充满嘲笑的表情，她下定决心，一定要好好抓抓班级纪律，必须狠狠地教训一些不听话的孩子。为此，她要杀鸡儆猴，先抓一个反面典型。很快，她就找到坐在后排的一个瘦弱的男同学，他总是低着头，把脸深深地埋在抽屉里。她几步跨过去，一把掏出抽屉里的秘密，他居然在课堂上阅读课外书。她举着搜查出来的《三国演义》，像举起一面胜利的旗子，厉声呵斥着，并让他作检讨。抓了典型就要好好发挥作用，可这个男同学并不服气，满不在乎，被训斥时仍是一副嬉皮笑脸的样子，简直无可救药！她气不打一处来："明天必须写出深刻的检查！"

"我不会写！"男同学似乎并没有把她放在眼里。

李老师随手翻开书桌上的课本，看了一眼扉页，上面歪歪扭扭写着:杨剑。这是她与杨剑第一次见面,给她留下不好的印象,十三四岁的年纪,正是塑造性格的重要时期,可不能让他毁了,不然将来一定会吃大亏。但如何对付一个这样玩世不恭的学生,她还缺乏经验。毕竟,自己什么时候带过差班啊?本来分到这个班代课她就一肚子怨气,居然第一节课就碰到个刺儿头。她拾起地上的书一把撕个粉碎。这时候,她看到杨剑脸色突变,从骄傲到惶恐再到怨恨。杨剑一把推开李老师,由于用力过猛,李老师一个趔趄差点摔倒。她委屈得浑身颤抖,面对这样的学生,她该怎么做呢?

回到办公室,她渐渐冷静下来,于是想到一个办法,给学生布置一篇作文,从作文中了解一下同学们的家庭情况和内心真实的想法,才好对症下药。很快,一篇作文布置下去,题目是《我爱我家》。随着作文的收取,她忍不住生起气来。

谁知那个杨剑作文交得倒很积极,一共交了三篇作文,分别对诸葛亮、刘备、曹操等三人的性格进行全面剖析,而且文笔老辣、尖锐,却与布置的作文题目毫不沾边。李妍老师怒气冲天,杨剑也太自不量力了,继而产生一些疑惑,小小年纪怎么会有如此文笔和独到见解?难道是抄袭的?想到这儿,她越发生气了。这种态度分明是在挑战,藐视自己,尤其是抄袭,简直道德败坏!为此,她用红笔写下评语:“旷世奇文是如何构思的?”她觉得这句话足以使杨剑警醒与惭愧,尤其是“旷世奇文”四个字,特意加粗且带了引号。作为老师,教育方式方法固然很重要，更要顾及学生心理健康，学会“点穴”，她相信只要是一个有羞耻感的人，定会感到屈辱，受到深刻教育。

第二天，她将作文本分发下去，像老鹰一样巡视着教室，眼睛始终盯着猎物，她看到嬉皮笑脸的杨剑打开作文簿后，脸涨得通红，山泉水洗不掉的一脸苦相，身体瘫坐在凳子上，像一截煮熟后被丢弃的面条。李妍老师得意极了，这个下马威，足以让他反省，如果达不到效果，就说明这个学生真的无药可救。

整堂课，杨剑总是无精打采的，耳朵耷拉着，坐立不安，似乎有话要说，但最终没能鼓起勇气。放学的时候，李老师本来想找他谈心，拯救一下这个学生。可是一听见放学铃声，他就急匆匆地走了，给她留下一个背影。

凭借多年的教学经验，李妍认为，这个学生应该有所醒悟，一定会向自己道歉。一连等了几天，杨剑并没有主动找自己，而是接二连三地旷课。据了解，杨剑的旷课具有针对性，其他学科他都进班，只有自己的语文课才逃课。李老师决定进行家访。

根据资料，她于一个周末下午骑着自行车向着杨庄村赶去，一路上，满眼是金灿灿的油菜花，蜜蜂和蝴蝶在花间飞舞，时不时地几声鸟鸣从道旁树上飘下来。她是带着光荣的任务去的，连小河都在为她欢呼，不停地翻卷着浪花。离杨庄村越近，李妍老师越感到自己的坚定。村民们淳朴热情，经过询问，她很快找到杨剑的家。在村子最后方，背靠环村河,一座没有院墙孤零零的茅草房十分低矮,倒也整洁。她站在门口喊了一声,屋里坐着一位老太太,身体佝偻得像一截木桩,如果不是应答,实在不易被人发现。杨剑不在家,老人满面病容,好像随时都会陷入沉睡,与李老师说话总是前言不搭后语。李妍一时犹豫不决,不知道该如何说明来意。这时走来一个邻居,向李妍介绍起杨剑的情况:杨剑的父母常年在外打工,只有一个半痴半傻的奶奶在家,杨剑除了上学还要喂羊,并买了一个渔网,经常到河汊下网捕鱼。这孩子学习勤奋,经常听到他在院子里读书,他还能写一手秀丽的毛笔字,每年临近春节,村民们纷纷前来找他写春联,他也乐意帮忙。杨剑最喜欢去村里一位“先生”家串门,这个被村民称作“先生”的人,是一位读过私塾的老人,性格孤僻,不和村民来往,唯独喜欢杨剑。

李妍越听越觉得有趣,她眼里的差生杨剑竟然有那么多可取之处。等了很久,杨剑还没有回来。她有一种深深的挫败感,来时那股勇气像是击在软绵绵的棉花上,没有一丝回应。回去的路上,她觉得心情越来越沉重,眼睛酸涩。黄昏下的小河泛着微黄的水浪,寂静无声,像泄了气一样,多么需要有人来安慰。她不禁感到委屈,面对一个逃避的学生,实在不知道该怎么办才好。李妍老师暗暗对自己说,乡村的孩子不像城里孩子金贵,容易管理,但怎么会遇到这样一个孩子呢?回到家,李妍依然无法把这份沉重从身上卸下来,于是,就找到杨剑的前任语文老师张倩诉苦。没想到,张倩竟对杨剑颇有褒奖,她告诉李妍，这个学生爱看闲书，平时上语文课特别注意听讲，积极发言，并对课文有不同见解，而且写一手好作文，每次布置作文，都是交两三篇，屡屡“超纲”，要求六百字的作文，总是下笔千言，有的多达数千言，但有一个坏毛病，不爱写应试作文……唯一的喜好，就是经常省下饭钱去学校外面的书店租书看，一毛钱一天，每次借书时要交几块钱押金。

李妍老师听到这些，不禁对自己有所怀疑，看来，杨剑的作文不是抄来的，是自己没有认真去了解学生。杨剑没有按要求交作文，并非给自己下马威。她从张倩老师那里找来杨剑以前的作文簿，发现其作文并非全是自由发挥，是隔几篇就有一篇作文，只不过因为交的作文多，夹在其中不显眼而已。这次杨庄之行，让李妍很受触动，也许《我爱我家》唤起杨剑的伤心事，他不愿意说出来。经过内心一番挣扎，李妍老师觉得，必须找杨剑谈心，是她一时粗心严重伤害了杨剑的自尊心。她感觉自己就是心善，总爱替别人着想。打定主意后，她的眼神顿时清澈起来。

她先是去学校附近书店，查到杨剑的借书记录，听老板说，杨剑好几天没来了，有一本《三国演义》需要押十块钱，至今也不来还。听了这话，李妍感到惭愧，十块钱几乎是杨剑一周的伙食费，学校食堂物美价廉，主要卖一顿晚餐。同学们家与学校都有一段距离，下午放学后跑回家吃饭，再赶回来就会耽误上晚自习，虽然学生个个比较节俭，但一顿晚饭是免不了的。李妍老师想到这本书是被自己撕了，就跟老板说："这十块钱押金我来垫上，你下次见到杨剑说一声。"她想，自己这个态度应该比较诚恳，俗话说，"师长如父母"，如此不惜自降身段，杨剑应该能够感动。

周一上课，她惊奇地发现杨剑没有旷课，而是端端正正地坐在座位上，表情依然冷漠，仿佛并不知道自己去书店的事。李妍忍不住一次次将目光瞥向杨剑，每次碰到的都是杨剑毫无表情的脸。她知道，这个误会一时半会儿解不开，但她相信自己有耐心，也有能力解决这些问题。

一连几天，她发现杨剑正常了，除了有些沉默之外没有其他问题。一天上课，讲到四大名著时，李妍想到杨剑喜欢读课外书，不如请他回答问题，于是突然喊了一声"杨剑"。杨剑先是愣了一下，随即反应过来，像相亲的村姑一样忸怩不安地站起来。"你来谈一谈林黛玉吧。"李妍比较喜欢读《红楼梦》，相对来说了解更多。另一方面，她想接着四大名著话题，提示杨剑该去书店了，考虑《三国演义》毕竟是他们之间的一个痛点，也就故意绕过去了。没想到，杨剑突然含沙射影、旁敲侧击，冷笑道："林黛玉？那个哭鼻子、花脸猫，不讲理，又爱冤枉人，还要教香菱写诗，她有资格做老师吗？"

李妍老师仿佛被扎了一刀，顿时觉得呼吸不畅，没想到杨剑恨得这么深，枉费她一片苦心，竟然还是不能理解，看来自己把学生想得太完美，差生就是差生，可怜之人必有可恨之处。更重要的是，李妍老师听到“哭鼻子”三个字，想到还是少女的时候，自己性格软弱，遇到解决不了的事情就爱哭，十里八乡都知道有个女教师，一生气眼泪就啪嗒啪嗒地往下掉。每次学生惹自己生气，家长就会带着学生当面道歉，也免不了在她面前佯装痛打孩子，她就会及时止住眼泪。为此不少学生在背地里嘲笑她。

后来，她从当初那个爱哭爱笑的年轻女教师，变成了严厉而又冷酷的中年妇女，不但不会哭，连笑都很少见。这么多年过去，她早已把这些抛到九霄云外，没想到竟然被杨剑给翻了出来。她觉得血气上涌，手不停地颤抖着，于是怒吼一声：“到门口站着！”其他同学十分惊愕，不明所以，为何李老师突然发火？杨剑则一副不屑一顾的样子，走到门口后，将课本往地上一丢径直跑开了。简直忍无可忍，太不给自己面子了，李妍追上去就要拦住，就听见杨剑背对着自己说：“有本事还去杨庄家访吧，除了告状还会干啥？大不了不上学！”李妍一下子呆住了，止住了脚步，自己确实家访去了，但什么也没说啊。杨剑的态度分明充满怨恨，难道家访错了？她呆愣半天都没有反应过来。

那一次是她最后一次见杨剑，他们的师生缘分只有短短半个月，杨剑此后再也没来学校。向几个学生打听，也没有打听到任何消息。杨剑去了哪里？他的自尊心太强了，在乡下，老师家访的确是一件丢人现眼的事，只有问题学生老师才会去见家长。尽管见面以后，并不会说什么刻薄的话，但都是心照不宣，家长往往表态："孩子不听话，该打就打，该骂就骂。"老师也会客套道："哪能打骂呢？不过要好好培养，我怕耽误一个清华北大的苗子。"村民们都比较善良，很多事不说就懂了，谁的父母不希望孩子成才？尽管他们没什么文化，但对老师都很尊重。不过，能够读完初中的学生很少，没有良好的教育环境，没有优渥的学习条件，很多乡下孩子读完小学会写自己的名字，就早早结婚生子，或者进厂打工。乡下孩子入学往往较晚，八九岁开始报名，十三四岁读一年级也是有的，小学毕业都成年了。他们就像过早开放的迎春花，在别的鲜花开始怒放的时候，就被工厂和婚姻采摘去了。

杨剑就这样莫名其妙地提前退学，在乡下没有人会在意这件事情，李妍以前虽然感到惋惜，但也习以为常，可是杨剑的离开还是让她心有不甘。为此，她还去了书店，问杨剑是否来过，书店老板摇摇头就去忙自己的事了。李妍心里不舒服，觉得好像哪里掉了一块肉，一片苦心竟然不被人理解，如果杨剑知道自己为他还押金的事，该是另一种结局吧？或许他会后悔对老师做过什么，可他偏偏不知道。李妍老师越想越觉得失落，甚至觉得失败。她的挫败感就像不解风情的蛙鸣，以学校为中心向四周辐射开去，灌满了整个泉水乡的水面。

一晃二十多年过去，若不是王校长提到杨剑，李老师恐怕不会想起。虽然当年这个名字让自己颜面无存，甚至于内心泛起惊涛骇浪，但毕竟只是执教生涯中一个小小插曲，泛起的浪花很快被其他浪花覆盖。

李妍老师在院子里踱来踱去，联系杨剑没有绝对把握，认不认自己这个老师都说不定，况且两人之间还有“深仇大恨”，虽然只是一些误会，但师生二人都颇有个性，而且自尊心都很强，且都不愿意沟通，任由误会从一棵幼苗长成一片森林。

多年的倔强，让李妍养成不服输的性格，答应王校长的事情要立马兑现。离开学校多年，又到了该发挥余热的时候。近年来她很少走出家门，乡村的变化让她跟不上时代发展节奏，学校周边冒出一些食品厂、服装厂、渔具厂、加油站……一些新鲜事物如雨后春笋般出现，她深感自己已经落伍了，儿女给她在县城买的房子她也不去享受，甘愿守着这座老宅。每当学校的铃声远远地传到院子，她就会想起任教的幸福时光，目光忍不住在满墙的教学奖状和荣誉证书上巡睃。这几年，随着集镇的热闹，上课铃声渐渐被集市的喧嚣所淹没，而乡下学校面临着生源大量流失，能去市区的不愿意在县里，能去县城的谁愿意在乡下读书？

如今再次走出家门，李妍老师看到一些似乎陌生的面孔，不禁感到有些彷徨。风吹在脸上胀胀的，她感到自己的脸一定是红红的。她像一个羞于见人的捕猎者在私下觅食，却又磨不开面子，自己真的落伍了，当一个老人觉得自己被时代所淘汰的时候，也证明社会的发展多么迅猛。她这样想着，朝着张倩老师的家走去。

张倩曾是杨剑的老师，自从调到城里之后，才将班级转给自己，说不定她有杨剑的联系方式。打定主意后，李妍感到脚步轻盈起来。穿过熙熙攘攘的街市，此起彼伏的叫卖声像寻觅到食物不断聚集的蚂蚁群，密密麻麻地乱作一团，但乱中又有条理，李妍只觉得麻酥酥的，热闹的声音好像从耳朵爬到心里，不断抓挠、拉扯。人上了年纪就喜欢安静，任何一点吵闹都是一种折磨。街上，三五成群的青年人留着长长的头发，染得五颜六色，操着不同地域的口音，这是镇办企业的工人。他们结着对子，大摇大摆地穿梭在人群中，朝着远处的 KTV 走去。这就是年轻人的特点，有着旺盛充沛的精力，需要通过在娱乐场所号叫狂跳发泄出来，才能够安安顺顺地做个好人，不然总会想着干点别的坏事。

不多时，李妍的腿似乎不听使唤，没走多远就觉得萎靡不振，总想停下来歇歇。退休以后，她的心就蒙上了一层尘埃，一定会被时光掩埋，没想到并没有完全被人遗忘。一阵风吹来，掀开尘封一角，使她一下子年轻许多，干涩的喉咙渐渐湿润起来，憋了许久的话总想找个人倾诉。

一切与记忆完全不同，乡村的变化真的太大了，以前好多村民外出打工，近年来，通过招商引资，风景秀丽的泉水乡一下子变成风水宝地，外地客商纷至沓来，竟然也有许多偏远地区的年轻人前来就业。

天空阴沉沉的，途中尘土飞扬，呛得鼻子发痒。此时还是大白天，五颜六色的“泉水乡温泉洗浴”招牌一闪一闪。这个地方以前是泉水浴室，手写的招牌像个土里土气的村妇，每次路过都有一股浓烈的肥皂味，现在却很摩登，让李老师有一种进城的错觉。再转一个弯就到张倩家了，她却呆住了：眼前宽广笔直的马路像乡村的两条大长腿，朝着县城的方向阔步迈进，两旁是一片片高档小区。这是什么时候的事？高档小区像肥硕的蘑菇，一朵挨着一朵，鲜亮而美丽，取代了原来破旧的村庄。好几年不联系，张倩原来住的村庄已经消失，她是住进新小区，还是随着儿女进城了呢？也许，她早已去世了吧。李妍老师不敢往下想，张倩老师如果健在的话，应该九十岁了，她越想越觉得自己老得那样突兀。

站在小区大门口，她一时不知该往何处去，自己简直就像一个完全被抛弃的乞丐。她深切感到自己落伍于时代的“贫穷”，这种“贫穷”不是物质上的，完全来自“认识”上的。她像一管被挤干净的牙膏空虚地站在那里，好大一会儿才回过神来，只好垂头丧气地往回走。走了一段路突然折返，她想到自己的得意门生——乡派出所所长段振祥，他应该消息灵通。想到这儿，她双腿充满了力量，朝着记忆里的派出所走去。所幸，派出所虽然搬到新地方，但只是挪到马路对面，走到那条街，一眼就能看到“为人民服务”的牌子。她走进办事大厅，看到后墙的标语从原来的“严厉打击违法犯罪”变成“微笑服务”。这是时代的进步、文明的标志。听说她是来找所长的，很快有人电话呼叫。段振祥所长去街上处理一个矛盾纠纷了。乡里平时不会有什么大事发生，有时候所长会化身为调解员，为婆媳斗嘴、两口子打架去调解。很快，学生段振祥回来了，一点也不像威风凛凛的警察，倒像一个八面玲珑的笑面佛。她还记得段振祥以前上课总爱打瞌睡，打架倒是第一名，读完初中就去派出所当协警，后来自考个大专学历，因勇擒一名杀人在逃犯立功受奖转为正式干警，后来慢慢地升任泉水乡派出所所长。说是所长，其实手下也没几个人，没想到在学校颇不听话的学生，工作后竟变成一个好学生，逢年过节他都会给自己打电话问候。段振祥依旧笑眯眯地说："李老师，您老人家怎么来了？我好久没去看望您了。""你记不记得杨剑？"李妍老师单刀直入。段振祥道："这个名字好熟悉，好像前不久听谁说过。""是你以前的同学，作文写得挺好，现在成了作家，你有没有他的联系方式？"李老师恨不得一下子把憋在心里的话全都说出来，她把早晨王校长造访的事叙述个大概。段振祥笑了："我一个大老粗怎么会跟文人有联系啊？不过班里同学我都有联系方式，偏偏没有杨剑的，要不，我帮您问问其他同学？或者通过公安系统查一查？"过去的事情段振祥未必记得多少，但他始终保持热情的姿态，让人无法拒绝。正说着，他突然接到电话，说有人在 KTV 酒后闹事需要立马出警。于是，段振祥便与李妍老师匆匆告别，开着警车一溜烟向远处驰去。李老师知道这个学生是个闲不住的主儿，最喜欢打抱不平，这个工作对他最合适不过，便不忍再打扰。虽然此次出门没有太大收获，但李妍老师依然感到满足，这次她重新接触到社会，内心的血液全都被唤醒。

当路过一根电线杆时，她不经意地瞥上一眼，宣传牌上竟然赫赫印上杨剑的名字。她顿时感到惊奇，甚至有些意外，揉了揉眼睛，果然是杨剑。上面有他的照片，注明“著名作家杨剑”。她感到不可思议，世间怎会有如此巧合的事情？她问路边的商户：“这电线杆上的宣传牌什么时候弄的？”“噢，宣传牌啊？这是镇里搞的‘名人宣传一条街’，近几年政府注重地方文化阵地建设，很多乡镇都有这个，无非是镇上一些企业家、道德模范、文化名人等。”商户抬头看一眼挂着杨剑照片的宣传牌，笑道，“这个是从网上搜索来的，他是个作家，写的小说被拍成了电影。”李妍老师感到内心热乎乎的，这个消息让她有些欣慰，最恨自己的学生竟然成了家乡的骄傲。可是想到往事，心里不免有些苦涩，自己一直以陶行知为榜样，扎根乡村教育，矢志不渝、兢兢业业、无怨无悔，在报刊发表过不少教学论文，一度特别喜欢法国电影《放牛班的春天》，为剧中那位拯救无数问题儿童的老师感慨不已，而自己究竟做了些什么呢？甚至差点亲手扼杀一位作家。

这时候老板的儿子放学回来，看到银发苍苍的李妍老师站立在电线杆前，凑过来说：“我在网上搜过，这个简介是百度百科上的，内容没有更新，镇里搞名人馆，直接从百度百科上复制的。”李老师心里微微一动："你怎么知道资料没有更新?"小学生得意地说："我当然知道，刚上网的时候我找到他的博客，随时可以看到更新的内容，以前还给他发过私信。"这一天，李妍老师觉得比过去一年经历的都要丰富，小学生的声音脆生生、明晃晃的，既真实又虚幻。她连忙询问私信的方法。小学生说："你有什么话我帮你留言吧，他看后会回复的。"说着，小学生带着李老师跑回家中打开电脑熟练地操作起来，很快就搜到杨剑的博客。看到上面熟悉的照片，一个三十多岁的青年风华正茂，脸上洋溢着自信的光芒，但依然充满着骄傲和倔强。李老师一篇篇翻阅着动态，像只伸长脖子观看新鲜事物的长颈鹿，心也从灰暗的角落渐渐挪到灿烂阳光下，杨剑的信息越来越清晰。然而，事情的顺利让她感到不安，原本只是抱着试一试的心态，并没有抱太大希望，本来她连回绝王校长的借口都找到了。她突然想到，王校长年轻有为，难道不知道上网找人吗？心情一下子又沉重起来。难道只是因为当过杨剑的老师，王校长就委托自己来联系吗？还是说，王校长知道曾经的往事，故意来刁难自己？更可怕的是，万一王校长本就认识杨剑，故意让功成名就的杨剑露面，让自己感到惭愧？她吓了一跳，怀疑自己掉进了一个深不可测的陷阱。可是她回想起早晨王校长一脸真诚又释然了。"你要给他留什么内容?"小学生问道。"这……留什么呢？真的要留言吗?"李妍老师大脑一片混乱，一时竟不知道该如何措辞。作为一名语文老师，什么时候词穷过？她感到自己缺的不是语文知识，而是如何处理人情世故。她忽然产生一种急躁情绪，仿佛听见心底河水翻腾的声音。她借口回去想想，就匆匆离开了。

回到家后，她左思右想思考了很多，觉得自己未免过于热情，见风就是雨，这么着急去表现，落入了王校长的圈套。可是多年的经验告诉自己："贫穷刻薄，富贵宽容。"功成名就的学生杨剑岂会把过往的不堪记在心上？她想到某位哲学家的一句话。从另一个角度来看，杨剑成为知名作家，也许最应该感谢的是自己。李妍老师仔细地揣摩心里涌起的那句格言，越想越觉得自己可能不服老，心态较为平和，一切爱恨都该化为平淡，为何依旧思虑重重？她暗暗地叩问自己。这些年，她一直以为自己做到了忘却，修炼到了一定境界，竟被一个突如其来的事情搅动多年来的平静。老去是一件极其残忍的事情，是一个必须隐藏内心丰富情感的历程。她想到摆放在屋子里的荣誉，这一生迟迟不肯放下的荣誉，岂不是证明一个虚伪的老年？等到百年以后，那些恐怕会被儿孙们当作废品丢弃。什么忘却？远方一个不确切的消息，竟让自己一天之内经历了精神的多重波动，所幸她收获到灵魂的自我拷问。

夜里，她梦见自己平静地躺在棺材里，清晰地听见外面的人将钉子揳进去，有人号啕大哭，有人放声大笑。里面漆黑一片，却有宁静祥和的仙乐绕耳，她的不算特别精彩的一生，像电影一样在脑海一一闪过。她看到自己的肌肉逐渐松弛下来，身上的负担一一卸下，本来年老的身躯逆生长一般，越来越红润，越来越年轻，于是深深地呼出一口气……

天还未亮，她从梦中醒来。老人往往醒得早，也许因为时日无多，所以格外珍惜余下的生命，不愿意赖床而虚度光阴。她感到无比轻松，没有必要再像以前那样，把自己当作一个行将就木的老人，默默地等待着生命的终结。想到这几年日复一日重复而单调的生活，她感到很是懊恼。那个骄傲而又激情、不服输的李妍哪里去了？她从梦里活了过来，感受到一股力量像只小老鼠一般正在四肢游走。陪伴她的小狗醒了，显得异常活跃，似乎受到某种启示想跑出去遛遛，正在她的床前忘情地撒欢。她从床上下来，似乎回到少女时代，轻盈地梳妆打扮，换了一身干净的衣服，长吁一口气，最后下定决心，将屋内陈列的各类证书一一收入柜子。她知道还有很多事情要做，不再守着过去。远处校园的铃声从黎明曦光中传来，同学们琅琅的读书声，正催动着这片热情的土地拔节生长。

“汪汪，汪汪，汪汪汪！”小狗狂叫着在前面带路，李妍老师迈开脚步，朝着东方晶亮的启明星，迎着薄明的晨曦快步向前走去……

■ 大舅的爱情

待守闺中的嘉玉城笼罩在一片烟雨之中。夜幕渐渐低垂下来，雨水在路灯的照耀下像是熔化的流金在马路上肆意流淌，所过之处泛着油亮闪光的色彩，它们在夜色中时而低语，时而沸腾。白昼终于尽了，醉生梦死般的喧哗刚刚苏醒。

爱琴海公馆KTV舞池，灯红酒绿中，年轻人推杯换盏，狂叫着。柳小树兴高采烈地将一位长发女郎猛地推进我的怀里，野兽般冲我叫道："表哥，尽情享受吧！"说完，他亲昵地喊了一声，"嫂子，好好陪陪我哥，京城的大老板，缺啥就是不差钱。"言毕，他就像条泥鳅一样刺溜滑进舞池。在劲爆的音乐声中，他与一群哥儿们忘情地甩头，摇晃扭动着烂泥似的身体。也许是早已习惯了这种场合，只有到了这里，他才真正像个嘉玉城的主人。

柳小树是我的表弟，每当他邀请我到嘉玉城做客，都会以"爱情"的名义，诉说起江南妙龄女子的曼妙与柔情。新一代年轻人，爱情观已经发生很大变化，自由是他们的信条，张扬是他们的个性，“父母之命，媒妁之言”早已荡然无存，被无情地抛进历史的垃圾堆里。改革开放以来，人们的恋爱观、婚姻观、爱情观等无不发生巨大变化，从过往的封建保守到如今的丁克、不婚主义……爱情简直就像个逃犯，在金钱与物质的双重追捕下，畏畏缩缩地躲进深山老林，不敢抛头露面，恐怕再也难以找到。

我刚刚落座，电话铃声就响了，是大舅柳大宝打来的。他问：“小哲，你在哪里？怎么还没到呀？”原来，在我出发之前，他就知道我要来嘉玉城游玩，并且提前准备好饺子。谁料，我竟然被表弟柳小树半路上截和，他连拉带拽直接把我送进爱琴海舞厅。眼看满桌冒着热气的饭菜渐渐凉了，他这才不停地打电话催促。也许是听到舞厅的嘈杂喧闹，大舅柳大宝着实有些急了：“是不是跟小树在一起？你把电话给他，你们抓紧时间回来！”大舅语气严厉且无奈。在他眼里，儿子柳小树早已到了谈婚论嫁的年龄，村里的同龄人早就让父母抱上孙子，小树的终身大事至今仍没有着落。不是小树找不到对象，而是对象实在太多，足有一个加强排，挑花了眼。据说，他曾经同时拥有十二个女朋友，情人节那天，从早到晚排好时辰去一一送花，最终还是分身乏术，被几个女孩同时抓住，闹得鸡飞狗跳。

我们从爱琴海舞池出来，很快赶到大舅家。大舅和舅妈都坐在客厅等我，神情疲惫不堪，看来是等得太久了。他们既为我远道而来开心，又为安排表弟接我而懊恼，说是让他直接接我到家，没想到却又偷偷地到外面耍去。天高不遮太阳，儿大不由爹娘。大舅和舅妈也很无奈，总不能天天把孩子关在家里吧，也担心管教太严弄出什么意外。在嘉玉城，他们经常听到有失恋的年轻人隔三岔五离家出走不知所终。因此，他们对小树身上的一些坏毛病，只能蜻蜓点水数落几句。这不，桌上的菜凉了又热，热了又凉，不再那么光鲜，像个被遗忘的糟糠之妻，一副无精打采的样子。即便如此，每道菜依旧散发着诱人的香味，不仅耐吃顶饿，而且健康养人，绝不用担心掺假兑假，用自榨油炒菜，永远那么让人放心。

表弟正处于青春叛逆期，近年来一直跟着大舅学做生意，由于头脑灵活，积累了一些经商经验，目前独自管着一个店面和一个加工企业，手头上的现金流不会少于五百万元，且从未断过。父子俩生意做得顺风顺水、红红红火、蒸蒸日上，令人羡慕不已。然而，父子之间的代沟就像一把无情的剪刀，不断撕铰着情感的布匹，中间的鸿沟越来越大。大舅对柳小树视恋爱为儿戏，游戏人生的行为实在看不惯。小树对父亲柳大宝的老脑筋、封建与顽固也不屑一顾。

三十多年前，大舅柳大宝初中毕业，为了逃避复读，赌气离开家门，跟着远房的一位亲戚背井离乡，到河南省鹤壁煤矿下井挖煤，每天在矿井下过着暗无天日的生活。为了替父母分担忧愁，他每天强撑着挖煤，一挖就是十多个小时，开始一个月累哭十七次，也特别想家，却遭到工头的打骂，由于年幼不知道怎么回家，对此他都强忍了。只是最后一个月，一连发生两次矿难，与他一起下井的小伙走在他前面，被突然掉落的煤块砸得遍体鳞伤，他这才真正感到害怕，几次要求结账回家却未能如愿，一直熬到腊月二十，这才与老乡一同回来。由于涉世未深，他挣的工钱被老板和工头这一算那一扣，辛辛苦苦劳累大半年才挣一千多元。次年春，他便跟随父亲学收棉花换丝线和倒卖兔毛，总算走出一条致富之路。多年后，积累了一些财富的大舅落户嘉玉城，找到更大的发展空间。此时，他已从一个年轻英俊的小伙变成满面沧桑的中年男子。

酒过三巡，大舅醉意蒙眬，轻轻拉着舅妈的手，满含深情地对柳小树说："感情这东西可不是闹着玩的，我这么多年做生意当老板，想接近我的女人可不少，我却一直独善其身。因为我知道有一个平安和谐的家庭非常重要，有志气有出息的男人心里揣的是家庭和事业，只有没出息的男人才整天胡思乱想，不仅败德，而且败家，也毁了自己一辈子。我希望你马上了却我和你妈的一块心病，尽快选个合适的女孩结婚，要对得起人家……"

也许因为有我在场，大舅没有对表弟作过多训斥，反而借着酒意说出许多深情的话来。大舅这代人的青年时期处于包办婚姻与自由恋爱共存的时代，也是人们婚恋观转型变化的时代，不像今天的年轻人，多个性独立张扬，好吃懒做，恋爱自由得漫无边际，毫无顾忌，婚姻家庭观念越来越淡薄。大舅在酒精刺激下，话越来越多，不由得说起自己的爱情故事来。他也是经历重重困难，一次次摆脱封建思想的束缚，最终找到属于自己的最爱。

事情要从1990年说起，十八岁的大舅柳大宝，在整个泉水乡，那真是出类拔萃，一表人才，英俊潇洒，风流倜傥。夏天，他经常穿着一件白色的确良衬衫，冬天穿着一件海豹牌皮夹克，无论走到哪里，都是一道最亮丽的风景。按理说，身为农家子弟，整天在田间劳动，是不能太讲究穿着的，无论多么漂亮的衣服，只要去田里劳作半天，很快就会被泥土污成土灰色，弄得不成样子。可他偏不，并非因为他爱打扮，而是因为他从小便有经商头脑，每年暑假喜欢跟着父亲走村串巷，收棉花换丝线，深知人靠衣装马靠鞍，时尚的衣裳会对生意有所帮助。

泉水乡地处豫皖两省交界，经济发展并非完全靠农业，每年六七月份就会遭遇连天暴雨，造成严重洪涝灾害，庄稼地里水深过膝，甚至连村庄道路都被洪水完全淹没，村民们不得不马上转移到河坝安营扎寨，所以，靠传统种植很难发家，也过不上自己想要的生活。村里勤劳和懒惰的人一起种田，庄稼收成相差无几。穷则思变。这里的人爱折腾，大舅柳大宝就是其中一员，他选择骑车带青菜到城里贩卖，收棉花换丝线，收兔毛卖到县城毛纺厂，生意做得令人眼红，做着做着，最后专做兔毛生意了。

与其他同行不一样，大舅柳大宝属于有些文化的人，小学数学、中学代数学得都很好，算账几乎脱口而出，偶尔也帮助村民起个名字、写个文约之类，自然受到十里八乡姑娘们的青睐。上初二时，他就收到过同班女生的情书，但思想保守的他从来没当一回事，要知道校园学生“谈恋爱”，在当时绝对是不允许的，也不为人们所接受。虽然柳大宝见过一些世面，但男女之事总会令人脸皮变薄，他认为女生喜欢自己属于正常，自己决不能越雷池半步。日历很快翻到初中毕业。然而，就在毕业第二年暑假，他遇到一件令他终生难忘的事情。

三月的一天，淡蓝色的天空飘着几朵白云。忙碌一天的柳大宝拉了几百斤兔毛回来，由于路途太远，摩托车没油了，又远离集镇，无法购买到汽油，只好推着笨重的摩托车走了十几里乡路。他双腿累得肿胀发酸，脚步虚浮，每走一步仿佛没有踩实大地，脚下的路像海洋上的浮冰一样，总觉得在往后飘。这时，天空忽然下起小雨，飘洒在脸上凉丝丝的，一到村头，他的眼睛就像被蚂蚱驮着一跳一跳的。天空已经暗淡下来，池塘里的鱼儿不时地在水中翻腾跳跃，甩出清亮的水花声，这是鱼儿求偶繁殖的季节。搁在平时，柳大宝一定会驻足倾听这天籁，可今天实在太累了，没有一点心情，只想着快点到家。何况，一直跳动的眼皮让他预感到有什么不祥之事发生。

尽管浑身疲惫得像渐渐加重的暮色，却无法阻拦他喜悦的心情。今天是个收获的日子，他满载而归，途中已经多次盘算着如何向父母汇报一天的成果。他远远地望见自家的房屋,院子里几盏灯已经亮了起来,尚未入院,就发现门口蹲着几个闲人。他知道农村里喜欢晚饭前串门,于是摸了摸口袋,准备给邻居们递上几根香烟。

到了跟前他才发现,除了左邻右舍以外,还有个陌生人。也许是谁家来的客人吧?他心里这样想。柳大宝刚拿出一盒烟正要拆开,邻居柳二狗喜滋滋地走过来,声音响亮地喊了一声:“大宝哥,你家来贵客啦,这是裴家埠的村书记派来的,非要见见你,都等大半天了。”这时,陌生人接过香烟说道:“快进屋吧,我和俺哥都在等你!”

柳大宝注视着眼前这个陌生人,心存疑惑,知道来了两位客人,另一个在屋里拉家常,也许这个人等不及了,提前站在门口翘首盼望。柳大宝继续寻思着:裴家埠口水系发达,是当地通往河南省的一个重要埠口,早就听说裴家埠村的裴书记交际广泛,在当地是响当当的一号人物,可自己从来不认识,怎么会突然派人找上门来?

想到这,柳大宝心里“咯噔”一下,难道白天在裴家埠收兔毛出了问题?他忽然想起上午遇到的一个“难缠户”,有个老光棍儿的兔毛特别不卫生,而且发潮,价钱没有谈拢,但这个老光棍儿脾气暴躁,交流几句就发生口角,柳大宝不敢在别人地盘上造次,坚决不收他的兔毛,被老光棍儿追着撵着骂了半天,只能选择忍气吞声灰溜溜地跑了。后来他听裴家埠村里人说,这个老光棍儿经常强买强卖,多次欺辱外村人,泉水乡另一个收兔毛的人就吃过老光棍儿的大亏,而他之所以如此嚣张，就是因为和裴家埠的村支书同族。看这架势，是裴书记弟弟上门“算账”来了。

柳大宝忐忑不安地进屋，看到堂屋床上端端正正坐着个高大威武的人，正跟父母和邻居们谈笑风生，一举一动都刻意展现着与普通百姓不一样的风度。见柳大宝回来，来人顿时喜笑颜开，但依然能从他的笑声中感受到一种自信和傲慢。看来事情没有想象中的严重，当事人不在，来人是裴书记的堂弟、村里的会计，而刚刚在门口迎接自己的是当地颇为知名的媒公。两人非常客气，看来他们并不是为老光棍儿的事而来。

原来，中午时分即将离开裴家埠的时候，柳大宝看到村口有个人颇似生意人，就下了摩托车递上一支烟，还与之客套几句，结果他白白净净儒雅的样子就入了那人的法眼，忙问柳大宝是哪里人，这么年轻就会做生意了。柳大宝以为是同行，将来生意上好有个照应，即便不是经商的也没关系，看其派头应该是当地的场面人，尤其自己刚在村里碰了壁，今后很需要一个在当地镇得住场子的人为自己说几句好话。柳大宝一扫之前的霉气，小心翼翼地组织语言，拿出十二分的热情，不但对答如流，而且谈吐不凡，博得这位中年大叔的好感，忍不住啧啧称赞，一个劲儿上下打量，像是欣赏一块美玉，直看得柳大宝心里发毛，惴惴不安，中年大叔这才笑呵呵离去。原来这位中年大叔，就是远近闻名的裴家埠村的裴书记。

裴书记对柳大宝油然而生爱才之心,他的女儿正值谈婚论嫁的年纪,就冒出招婿上门的念头,于是就根据聊天信息安排村里的张会计上门提亲。原来如此,柳大宝看到父母喜形于色,眼睛都眯成一条缝,比中了彩票都开心。柳大宝到家之前,父母与张会计已经将重要的事情定了下来,恨不得尽快将婚事促成。张会计上下仔细打量柳大宝,心里十分满意,神态更为自然,好像这种好事,对他来说手到擒来易如反掌。临别,张会计紧紧拉住柳大宝的手,亲热地说道:“亲侄儿,过两天咱爷儿俩整两盅。”有裴书记这块招牌护着,张会计在当地办任何事情无不胸有成竹,虽说是女方主动上门提亲的,但他的神情却好像赏了柳家一个好大的面子,在他看来这件婚事是板上钉钉——跑不了。

第二天清晨,母亲一大早就起床,在衣柜里翻来翻去,将一家人打扮得漂漂亮亮,还早早去镇上割了十斤肉,买几只漂亮的大红公鸡,说是到裴家埠相亲去。柳大宝此时心里美滋滋的。毕竟他已经到了谈婚论嫁的年龄,哪有少年不钟情?谁不想早点说个媳妇?

在通往集市的路上,赶集人络绎不绝,一遇到熟人,母亲就亮起嗓门炫耀似的说:“带大宝相亲去!你猜是谁?是裴家埠裴书记的女儿。”她恨不得把昨天发生的一切向所有人宣告,是裴书记家主动上门提亲,这是多大的面子呀!遇到没人的时候,她就轻轻哼着小调:“小老鸹,尾巴长,娶了媳妇忘了娘……”父亲赶忙打断她的话:“不要瞎唱,我看你是高兴得昏了头,这歌谣多不吉利!”母亲把眼睛一瞪,执拗道:“我高兴,爱唱什么就唱什么,想怎么唱就怎么唱!”父亲只好摇摇头,虽然没有过度表露出不赞成,但内心的喜悦与紧张总也抑制不住。他甚至在心里盘算起来,裴家埠是个养兔专业村,养兔专业户四五十家,只要靠上裴书记这张金脸,谁家剪下的兔毛还不都给自己留着?今后挣钱岂不是像流水一样源源不断?

然而,他们最终美梦成空,就连心里有着娶媳妇冲动的柳大宝,也明白了什么叫缘分未到。柳大宝一家三口欢欢喜喜走进裴家大院,第一眼就看到裴书记家的二妮,柳大宝心头顿时猛地一沉。这个二妮名叫裴丽丽,他认识,模样倒也周正,但是在学校成绩不咋样,经常上课睡觉,因此,她的大名在学校无人不知无人不晓。由于经常缺课,又不爱学习,初中读了五年都没有读完,人送外号“傻妮”,比柳大宝大三岁。在其他男生眼里,她就是个财主,每当下课时他们就排着队伸出自己的手,等她从布袋里拿出一块肉或一个糖果来“赏赐”。柳大宝可不嘴馋,也不喜欢这样的“馋嘴猫”,敬而远之。

回去的路上,父母津津乐道,仍沉浸在将与裴书记成为亲家的喜悦之中。柳大宝就撇着嘴,心里感到无比失落,一路上沉默着,不知道该如何说出拒绝的话。想起刚才看到傻妮时,傻妮满脸笑容,桃花一样灿烂,羞答答去了厨房。看样子,傻妮对自己应该是较为满意的。自己毕竟读过一些闲书,尤其喜欢偷偷看《故事会》,对书中一些古代才子佳人追求美好爱情的故事充满向往,柳大宝不希望自己的爱情就这么草率，说白了就是没看上，压根没想到原来她就是裴书记家的二女儿。

一切和预想的迥然不同，父亲一天到晚欢天喜地，还托人打听一下，裴书记的二妮相亲两年多了，上门提亲的排成排，可她眼光一直很高，一个小伙都没看上，还是儿子大宝有福气，能有缘高攀这门亲戚，自己也会跟着扬眉吐气。他当了半辈子农民，虽然改革开放后做些小买卖，挣些小钱，但是商贩在泉水乡的村民眼里地位很低，总有人瞧不起。祖祖辈辈还没出过一个当官的，如今能跟裴书记联上姻，必定会彻底改变一下面貌。说不定顺着这棵大树，儿子在村里真能混个民兵营长或治保主任，哪怕混个生产队队长也行啊！当看到柳大宝嘴巴始终噘得像个油壶嘴，他才意识到有点不对劲。

“你觉得二妮怎么样？”“好是好，但我没看上。”柳大宝在父母面前倒是诚实，虽然平时什么都听父母的，但在这件事上却说出自己的心里话。“啥？没看上？”父亲急了，知道儿子柳大宝性子直，说话直来直去，不会转弯抹角，看来这事有些难办，一旦传过去，让裴书记的脸往哪搁？他可得罪不起。这事如果成了，儿子将来可以飞黄腾达；若是事情黄了，儿子以后在泉水乡还怎么混呀！父亲知道强扭的瓜不甜，可又不能硬来，必须得想个万全之策。父亲连续几个夜晚在床上辗转反侧难以入眠。那边媒公正等着回话，咋说也不能驳裴家的面子。柳大宝知道父母为难，自己对裴书记的千金实在提不起兴趣，心里有一万个不情愿，且已打定主意，婚姻大事不能轻率决定，只好推着摩托车准备下乡收兔毛。

他刚走出院子就被身后的父亲喊住："大宝，你干啥去?"柳大宝停下脚步，手指在摩托车把手上捻来捻去，回头望见父母在小声嘀咕着。"媒公今天过来，你就把难题抛给我吗？事可是因你而起。"父亲看到柳大宝逃避，心里很不愉快，同时清楚这事儿子在家也不妥，说不定会搞砸，离家出走反倒是件好事，不过自己直面这件事心里总觉得没底。"看你尿样，快滚吧!"父亲一边骂骂咧咧一边对着山羊怒吼，"有吃细料的机会，偏偏只有嚼糠的命。"山羊不知所措地瞪着大眼睛，好像有些心虚，又埋下头去。

魂不守舍的柳大宝把摩托车踩得黑烟滚滚，逃也似的离开了家。他还绕路过河，特意避开裴家埠口，每当遇到熟人时总感到有些难为情，好像人们都知道他是逃婚的裴家女婿，他甚至埋怨母亲不该张扬，八字没一撇就到处谝，弄得满城风雨，不知该如何收场。这天，他收获不多，只在大坝乡收点兔毛。他不急着回家，而是绕到集镇买一碗格拉条细嚼慢咽，消磨着时光。之后，他在街上转来转去。天空依然亮堂堂的，丝毫没有黑下来的迹象。也许，夜幕一降临，家里就该安静了。

看到街边有人在下方棋，柳大宝将摩托车停在一旁上前围观，心里却一直烦躁不安，心思根本不在方棋上，谁赢谁输毫不在意。以往怎么会在路边浪费时间？他老是想着如何挣钱啊。“这不是柳大宝吗？”人群中有人认出他。柳大宝的心瞬间提到嗓子眼，他害怕别人提到裴书记，在他的潜意识里，似乎所有人都在疯传着他和裴家二妮相亲的事。“今天下乡回来这么早？要不你也玩两把？”好在别人没有哪壶不开提哪壶，对柳大宝的相亲之事毫不知情，柳大宝一颗悬着的心总算放了下来。看来人多的地方不能待，可又能往哪里去呢？他支吾几声，连烟都忘了让，就骑着摩托车跑远了。他骑着摩托车在田野小路上穿梭，金灿灿的油菜花田像一幅幅色彩明丽的油画，柳大宝感到自己变成一只蝴蝶，自由自在地翩翩飞舞，可这只蝴蝶翅膀略显潮湿，飞舞漫无目的。

该来的终究要来，一切还要面对。掌灯时分，柳大宝走进家门，发现媒公还没走，父母正跟他没完没了地客套。“啥？年龄太小，再等等？”媒公脸涨得通红，根本没想到出师不利，像是被人狠狠地抽了一巴掌。“是啊，大宝才十八岁，婚姻大事不着急，再等两年吧。”父亲心虚地应付。媒公不高兴了，脸色阴沉：“年龄小啥？十八岁生孩子的都有，老柳，你怎么跟我玩这一套？要是不打算说媒，那天干吗去相亲？你这不是捉弄人吗？”媒公连珠炮似的发问。看到柳大宝回来了，媒公气不打一处来：“你看不上别人，别人还瞧不上你呢，别以为自己会做点小生意就觉得了不起，要是搁在过去，早把你当成投机倒把分子捆起来法办了，年纪轻轻的，怎么这么多花花肠子？”“是，是，是俺家大宝没福气，裴家看不上我们是应该的。”父亲吁了一口气，顺着台阶自降身价。这是最好的结局了，对外就说裴家看不上大宝，虽说柳家丢些颜面，但裴书记的面子可给拾回来了，裴书记丢不起这个面子啊！媒公看到老柳狡黠的眼神，似乎就在等着自己说这句话，竟然上了这个小商贩的当。媒公一时愣住了，不知如何发泄，于是将桌上两盒烟一股脑儿塞到腰包里，站起身气呼呼地走了。难题交给了媒公，相信八面玲珑的他一定会有个好说辞。媒公走后，父亲和柳大宝面面相觑，心照不宣地笑了起来。事情虽然不是那么圆满，但总算回绝了。在这方面父母还是跟儿子一条心的，况且柳大宝是第一次相亲，说不定以后会遇上更好的，好事多磨，就再等等吧。柳大宝相亲的消息很快传了出去，有好事者问：“亲事怎么样了？”父亲故作黯然：“人家没看上大宝。”说完，又忍不住笑了起来。闹得人家丈二和尚摸不着头脑：儿子没被人家姑娘看上有什么好笑的，老柳莫不是被气迷糊了？

河流一旦开闸就会一泻汪洋。柳大宝可以婚配了，附近的媒公媒婆闻风而动，纷纷上门提亲。父亲一个也不敢应答，忙解释说：“年龄小。”人家前脚刚走，后脚又去相亲，这要是传到裴书记耳朵里可不是闹着玩的。他十分痛惜失去了裴家埠兔毛市场，很长一段时间都觉得到嘴边的肥肉突然被人抢走似的，好不难过。就这样，柳大宝一连两年都没有再相亲，别人都说这孩子受到的打击太大了，以至于心灰意冷。柳大宝看得也开，这两年裴家也相了不少亲，一概是谁也看不上，时间过去这么久了，恐怕这事早就忘了吧？这两年，柳大宝加倍努力，又在飞龙镇、娘娘埠等几个地方开辟了新的兔毛市场，偶尔也去一下裴家埠，生意越做越红火。想到本村几个比自己小的青年都结婚了，柳大宝不免蠢蠢欲动。

很快又有媒人上门提亲，说的是王家姑娘。从媒人口中了解到，王姑娘一家都是地地道道的农民，这个女孩眉清目秀，勤劳能干，办事利索，百能百巧，七八岁就会做饭，十二三岁就会纺花织布，只不过幼年丧母。柳大宝顿生怜悯之心，答应见一见。可相亲那天事情竟出奇地不利。

大清早柳大宝打扫好院子，穿戴一新期待着王姑娘的到来。突然，好哥儿们胜利急急忙忙闯进来，气喘吁吁地说道："我看见裴家二妮来咱村了。"柳大宝一听，感到一阵惊悚，早不来晚不来，偏偏这个时候来，难道她对自己还不死心？听说自从上次相亲失败后，裴家二妮诅咒过他好多遍，好几次在集上看到她，柳大宝都是吓得落荒而逃。如今，这边正要与王姑娘相亲，她怎么跟着来了？看来是阴魂不散，一定是得到什么风声。柳大宝推开院门像贼一样探出头去，立马吓得魂飞魄散，果然是傻妮朝这边走来，他忙缩回头把大门一关，像个惊慌失措的兔子从后院越墙而过，跳墙的时候太着急，摔了一个狗啃泥，他顾不得伤痛，一头扎进村后的棉花地。地里的棉花结满了桃子，像二妮牛皮鼓一般的咒骂，噼里啪啦地甩在头上、背上和屁股上砰砰作响。

柳大宝猫着腰顺着棉花垄往里钻，一副失魂落魄狼狈不堪的样子，简直像个逃荒落难的流民。

估摸着傻妮该走了，柳大宝这才从棉花地里钻出来，此时头发早已凌乱，刚买的白衬衫染上青草和棉花叶绿绿的汁液，裤子也开了线。他悄悄地摸回家，看到父亲正气鼓鼓地发着脾气："什么正事不干，相亲却又逃跑，到底演的是哪出戏?"原来，前来相亲的王姑娘等了半天不见人就气愤地回去了。那时候没有手机，也没有电话。谁能想到柳大宝突然失踪了呢？柳大宝问："裴家二妮呢?"父亲气不打一处来："当初你不愿意，现在还惦记她干吗?"

"刚刚我看到她了。"柳大宝忐忑不安地说道，"可把我吓坏了，我一口气躲到北地去了，脚还崴了，鞋底都跑掉了。"母亲听见这话，扑哧一声笑了，儿子平时那么注意仪表，也是一个敢作敢当的人，啥时候变得胆小如鼠、望风而逃了？她很快就明白了事情的原委，敢情是被裴家姑娘吓掉魂了。母亲笑道："你一定是看花了眼，裴家二妮早就定了亲，你刚刚看到的是裴家三妮，她是到邻居柳二棍家相家的。"原来是虚惊一场！两姐妹长得太像了，自己因为心虚也没仔细观察就变成了被楚王追杀的伍子胥。父亲骂了几句："好好的一件事搞成这样。"说罢，又冲着母亲怒喝道，"瞧你还笑得出来？王家丫头等了半天，这事又黄啦。"

柳大宝这次相亲失败都怪该死的胜利，这小子谎报军情，这下可好，王家姑娘遭此冷落，以为是嫌弃她是个没娘的孩子，面子上挂不住，气呼呼地离开了。即便后来父亲又找媒人前去解释说合，也丝毫不起作用。王家丢出一句话："俺已经定好亲了，让柳神经死了这条心吧！"看来王姑娘受到的伤害太大了。柳大宝第二次相亲就这样以失败告终，末了还落个"柳神经"的绰号。

经历两次相亲失败，柳大宝名声大噪，村民们都认为柳大宝眼光太高，一般姑娘他不溜一眼，有人谣传他下巴长在额头上，一时间没人敢来提亲。这消息很快传到赵家堡，赵家堡的生产队长赵大强为人仗义，到处都有"兄弟"，是个能打好斗的江湖好汉，听说柳大宝两次拒婚，毫不介意，反而更加欣赏他的真性情。正好，他家独生女刚满十七岁，比柳大宝小三岁，掂量着觉得十分合适，便想着让女儿与之定亲。

柳大宝早就认识这个赵大强，一接触就觉得他是个敞亮人。有一次，柳大宝贩卖兔毛时路上遇见赵大强，他接过烟还喊柳大宝"老弟"。柳大宝寻思着：赵家的女儿绝不是那种扭扭捏捏的小女子，说不定是个能够撑起家的一把好手。事情就这样定了下来，很快就到了相亲的日子。四月初，村中的白杨树抽出翠绿的叶子，被风一吹哗哗作响，展示着蓬勃旺盛的生命力，好像宣告着夏天已经到来，要抓紧春天的尾巴。

赵家女儿的芳名为赵得柱，一听就是个男孩的名字，老赵一门心思想要儿子，就给女儿起个男孩的名字，跟"罩得住"谐音，赋予美好愿望。那年月,与柳大宝年龄不相上下的乡村女孩,除了上学的以外,大都没有正儿八经的名字,不是叫“大妮儿、小妮儿”就是叫“大妞、二妞”,能有个“赵得柱”的名字已经很好了。柳大宝默默地畅想、憧憬着美好的未来,心里不由得一阵子兴奋。

此次相亲,赵得柱同父亲赵大强一起来的,连媒人都没请。在赵大强看来,繁文缛节皆可省略,自己身为“好汉”,应该豪爽大气、干净利索。果然,父女俩一进村,就有不少人迎上去打招呼,以迎接贵客的礼仪热情寒暄。赵大强四下里拱手致意,见谁打招呼就立马回应,一个礼数也不少,就连村子的憨子都致以拱拳礼,乐得憨子口涎如涟,比自己娶媳妇儿还快活。

英姿飒爽的赵得柱也不惧人,头上扎着发髻,穿一件宽大的袍子,扎着绑腿,迈着稳健的步伐来了。柳大宝至今都难以忘怀第一次见到赵得柱的场景:她一手执着红缨枪,一手拎着大环刀,身材高大肥硕,孔武有力,活脱儿是个女霸王。村民们正与赵大强谈笑风生,走到柳大宝门前的一片空地时,只见“女霸王”将红缨枪在手中抖了一个枪花,随即抛向空中,这时候她手持大环刀来上几个空中翻,双脚刚一落定,红缨枪随即从空中落到手里,她一手舞刀,一手弄枪,两个兵器在她手中像女孩子翻花绳一样,令人眼花缭乱。众人一下子蒙了,半天没有反应过来,纷纷拍手叫好。一群小孩子纷纷围了上来看热闹,乡村文化贫瘠,这样的热闹场面只有重大节日才可能会有。只听到人群中有个小孩朝家飞奔,嘴里大声喊道:“俺爸俺妈快出来,玩马戏的来啦!”

赵得柱气沉丹田,眼观六路,耳听八方,丢下兵器又打了一套长拳,随着“嗨、哈”两声巨喝,胸腔里像是藏着一个铜锣,惊飞了树上一群鸟儿。赵得柱收势之后,气不喘、声不虚,只有一层薄薄的微汗在额头。她的这套武术表演不但令村民惊讶,也让柳大宝彻底震惊,半晌都没回过神来。他啥时候见过这阵势?一时分不清她是来相亲还是搞武术交流。赵大强父女的表现在温柔多情的泉水乡成为一道亮丽的风景。他们毫不在意此行目的,只不过借着相亲来展示一下女儿的武艺。

柳大宝的父亲不由得笑起来:“往后看杂技不用出门了。”母亲哭笑不得:“这样的儿媳妇,哪个婆婆敢惹?”村民们拍着手赞赏,真乃虎父无犬女。赵得柱果然“罩得住”,恐怕今后连小偷都不敢来柳叶村了。此刻,赵大强好像变成了走江湖卖艺的,向四周不断抱拳致谢,就差说出“在家靠父母,出门靠朋友……”之类的话了,他冲着柳大宝喊道:“老弟,这媳妇给你可还行?”他一激动,连“老弟”都喊出来了,完全忘记如果事情能成,这可差着辈分呢。

柳大宝忘了自己到底在干吗,忍不住嘴贫起来:“这架势真麻溜,比耍猴还好看呢。”谁料这句话惹得赵得柱一脸不高兴,自己这番展示无非想给未来的新郎留个好印象,结果竟然被说和“耍猴的”相比。

“请问,谁是猴?”在泉水乡的语境里,猴子算到“畜生”之类,是供人逗乐的玩意儿。柳大宝出言不逊,赵得柱怎不羞恼?只见她脸涨得通红,双拳紧握,牙关紧咬,浑身的骨骼咯吱咯吱在响,就像炒豆子爆裂的声音。人们知道武艺练到一定程度,是可以控制身体关节的,“骨节响一响,敌人地上躺”,看来有人要遭殃了。

众人的目光呼啦一下全都聚集在柳大宝身上。柳大宝自知失言,忙连声道歉。见赵得柱一副不依不饶的样子,柳大宝突然感到害怕,自己走南闯北也算见过世面,早就学会见人说人话、见鬼说鬼话,尽量让人家都高兴,啥时候出过这样的纰漏?看来一场劫难在所难免了。

赵得柱要么不发作,发作起来就是翻江倒海,柳大宝已经做好了准备。不远处的泉河突然水花翻滚,一条大船缓缓驶来,发出呜呜的声响。柳大宝正要说点什么来挽回失误,赵得柱却一屁股蹲坐在地上,哇哇大哭起来,两条壮腿踢得沙石翻飞。众人全都惊呆了,刚刚还是个巾帼英雄,谁承想竟然如此脆弱,像个孩子似的在地上打滚、撒泼。赵大强看到这个场景,面子有些挂不住了,自己的宝贝女儿被未来的夫婿一句话打回原形,这可丢人丢到家了,连忙呵斥女儿:“我赵大强的女儿,决不能哭!”

赵得柱听到父亲这话撒泼得更凶了。作为独生女,她虽然练就了强壮的体魄,但内心依然是个小姑娘,平时被宠得像个公主,哪里受得这个气?她在地上翻来翻去,泥土和稻草混合着泪水粘在脸上,像个滑稽演员。柳大宝本想再安慰几句,但看到赵得柱的憨态实在憋不住笑,他越是笑,赵得柱越是抓狂。赵得柱越是淘气,柳大宝越是忍不住笑。试想,一个身材圆滚滚、牛高马大的壮妞在地上打滚,该是多么格格不入?

柳大宝母亲上前抱住赵得柱,试图将她从地上抱起来,结果被她撞得仰面倒地,但还是顾不上伤痛,欲将她扶起来,说道:"孩子,快起来吧!让人家看到多不好。"赵得柱顿时止住哭声。她以前很少出门,赵大强把她当作宝贝一般藏在家里,只要不高兴,就需要人来哄,眼看着柳大宝的母亲来扶她,心里好受一些,竟然扑哧笑出声来。围观的人看到这出乎意料的好戏,不禁面面相觑。赵大强知道事情坏了,都怪平时太溺爱孩子,一点委屈没让她受过,这要是传出去可咋办?他拍了拍女儿说了声:"咱们回家吧!"赵得柱顿时乐呵呵地从地上跳起来:"晚上要让俺娘烙馍吃。"

赵得柱如此没心没肺,赵大强也不好再说什么。看到他们捡起兵器往回走,柳大宝猛然反应过来,他们原本是来相亲的。望着赵得柱父女渐渐远去的背影,柳大宝嘴唇咂巴道:"看来她娘做的烙馍一定好吃……"柳大宝这次相亲无疑是场闹剧,以离奇的情节开场,以荒诞的结尾谢幕。柳大宝的父亲惜道:"她还是个孩子。"说罢咂咂嘴巴返回院子。

柳大宝经历几次"相亲"失败,迅速变得成熟起来。此后,他又相亲几次,虽然一次也没有成功,却让自己变得更具魅力。一次,赶腊月集的路上,柳大宝与好哥儿们胜利一起上街备年货。说起胜利,他相亲的故事跟柳大宝差不多,也是屡败屡战。二人正在街上走着,胜利突然说:“前面那个小妮长得挺好看。”柳大宝循着他手指的方向望去,只见一个女孩穿着红色夹袄,被白雪映照得格外鲜艳,白皙的脸简直像个玉人。柳大宝赞叹不已:“这小妮子确实好看,千里挑一啊!”两人的对话毫不避讳全被那女孩听去。和那女孩随行的姐妹招手喊道:“那不是胜利吗?”

胜利没想到竟被人家给认出来,姑娘嬉笑道:“你忘了她是谁了?她是李寨的三妮,你们还相过亲呢。”胜利这时候突然反应过来,确实有这回事,原来是李寨李大头的女儿李刚,一个男孩的名字。半个月前,在媒人撺掇下,胜利跟李刚在集头约见,当时在县里打工的李刚才风尘仆仆回来,没有梳妆打扮,看起来灰头土脸的,又加上取个男人的名字,胜利瞄一眼就回绝了。谁料这才几天,李刚就被家乡的风水滋养,出落得芙蓉一般,简直是仙女下凡。

这位叫李刚的女孩倒也不生气,虽然被胜利拒绝过一次,但现在看到他呆头呆脑的样子觉得非常可爱。四目相对,李刚脸上迅速飘起一朵红云,看来她对胜利蛮有意思的。柳大宝见此情景为之惋惜,又觉得胜利的春天就要来了。于是四个青年结伴而行,胜利俨然一个奴仆,鞍前马后地服侍着李刚。柳大宝和与李刚一起在县里打工的好姐妹缓缓地跟在后面。

好姐妹揶揄道:“柳叶村的胜利,怎么变成了呆头鹅?”

胜利憨憨地笑着:“谁让自己当初瞎了眼呢,差点错过貂蝉。”

好姐妹又笑道:“听说你嫌弃她的名字像男孩的名字?”

胜利像被谁重重揍了一拳,脸上各种表情杂糅在一起,不知道是哭还是笑,说道:“就算她叫李铁牛,我也愿意。”

李刚娇羞地反驳道:“你才叫李铁牛呢!”

好姐妹拍了拍手,说:“她不叫李铁牛,只不过小名叫石头。”

胜利一时呆住了。

听了他们的对话,柳大宝哈哈大笑,觉得这个好姐妹像《红楼梦》里的晴雯,怪招人喜爱的,忙问道:“你叫什么名字?”

李刚抢先回答:“她不叫石头,叫石槌。”好姐妹尖叫道:“去你的,我才不叫石槌,我叫云朵。”说着,抬头看看柳大宝,羞得再也抬不起头,刚才那个活泼灵巧的小家碧玉不见了,取而代之的俨然一位大家闺秀。柳大宝的心儿一跳,难道春天也有双份的?就这样,柳大宝和云朵认识了。在胜利和李刚定亲那天,他和云朵以“陪同”的名义前往。此时,柳大宝年满二十一岁。

在泉水乡男女大都早婚,二十一岁已经算是大龄青年。父母对柳大宝的婚事很是着急,偏偏柳大宝不温不火,无动于衷,屡屡拒绝提亲。很快,这个秘密被母亲发现了,母亲就问:“是不是有意中人了?”

柳大宝吞吞吐吐,不敢直面回答。自由恋爱像一股清新的春风渐渐吹进落后的乡村,青年男女一时之间还不愿对外宣布。交往一个多月,云朵主动亲了柳大宝,让柳大宝心里甜滋滋的,他相信这就是爱情的力量。云朵大胆、泼辣,一点也不怯懦,经常从李寨顺着河乘船再穿过几片农田来找柳大宝。终于有一天,柳大宝脚上多了一双新布鞋,暴露了所有的秘密。

双方父母要见面了,谁都以为柳大宝的爱情已经尘埃落定,就连父亲和母亲都这样认为。云朵除了长得漂亮,热情大方,几乎每天都来打扫院子,还帮母亲做饭,柳大宝被她炽热的爱搅得晕晕乎乎。相家那天,除了云朵的父母,云朵的七大姑八大姨全都来了,用母亲的话说"一船人装不下"。柳家为此积极准备,为了招待好这些客人,鸡鸭鱼肉摆满了庭院。相家之后,按理说该找个媒人做传话筒,好商量婚事。可李云朵就是不答应,说家里要再相几次家。此后,云朵的家人几乎每天都来,刚开始是三五成群,后来越来越多,连八竿子打不着的亲戚也来了,直到最后,"整个李寨的人都来了"。

柳大宝家每天这样好菜好肉招待着来客,半个月竟然花掉上万块,家里的积蓄所剩无几,还找邻居们借了一些钱。那可是二十世纪九十年代初,五分钱就能买一根雪糕,万元可不是小数目。云朵又特别黏人,每天都来和柳大宝见面,让柳大宝每天应酬着李云朵村的乡亲,根本没时间出去做生意,几乎断了收入来源。柳大宝觉得不太对劲,可又说不出问题出在哪里。

柳大宝决定侧面打听一下,这一打听可不得了,云朵竟然是个“风流姑娘”,同几任前男友不清不白。柳大宝顿时觉得天旋地转,表面看起来温柔可人的云朵,怎么会有那么多不堪的历史。她从小喜欢跟男生玩,长大后经常跟着一群小混混。就这样,云朵的名声坏了,在李寨村周边几个村子无人给她说亲,她也满不在乎,经常跑到更远的地方谈恋爱。李寨和柳叶村直线距离虽然不远,但中间隔着一条大河,且又不在同一个省,信息不畅,让柳大宝差点做了“接盘人”。当听说云朵与柳大宝自由恋爱以后,害怕柳家知晓云朵的往事后反悔,李家就采取下三烂的办法,每天带人前去做客,让柳家在金钱上遭受损失,如果反悔,这么多钱也就白花了,吃了亏只能往肚子里咽。

当柳大宝将打听的消息回来叙述后,父亲果然沉不住气了,在他看来,只要婚后踏实过日子就行。其实,他一来是心疼花去的那一万多块钱,再相家还是少不了花费,二来想着这信息未必可靠,也许是仇家散布的谣言,不如就这样算了,督促儿子尽快完婚。李家发现诡计被揭穿,也不再来人蹭吃蹭喝,特意安排一个代表前来商议,彩礼钱一分不要,共同承担之前的吃喝账,再补贴四千元的嫁妆钱。父亲认为这是最好的结果,于是逼着柳大宝就范。

自从李寨回来以后,柳大宝蒙头躺在床上,连续几天不吃不喝。云朵再来他也不见,任凭她在窗前哭诉。在柳大宝心目中,云朵曾是多么纯洁的好姑娘啊，没想到竟有如此多的心机，他实在无法忍受这样的欺骗。看到一个可怜的姑娘天天在自家窗户前自言自语，父亲有些不忍心，就将她放了进来。他想，自由恋爱虽然是新鲜事物，但年轻人的事情还要面对面解决。

云朵走进房间，坐在柳大宝床头，向他不停地道歉。她说爱柳大宝是真心的，自己以前不懂事，并没有跟人乱来，只是自己说话做事不拘小节遭人陷害，虽说自己是处过几个对象，但连手都没让人家摸过，直到遇见柳大宝才动了心，是他给自己带来爱情的甜蜜，她死活都不愿意分开。柳大宝听到这样的哭诉，心一下子软了，女孩子的眼泪是对付男人最好的武器。尽管柳大宝在被窝里也是泪流满面，但他还是心疼云朵。正当他决定妥协时，云朵将手伸进了被子里抚摸柳大宝的脸，为他拭去腮边的泪水。看到自己的哭诉果然奏效，云朵恶作剧一般将小手向下摸去，她温暖如玉的小手像真正的云朵拂过柳大宝的胸膛……

柳大宝一下子清醒了，尚未结婚，云朵竟然将手伸向不该碰的地方。这是极不自重的行为。柳大宝狠狠地将她的手甩了出去，掀开了被子，柳大宝看到云朵的表情竟是一副“得逞”的神态。他差点就被自己的心软害了终身，起身将云朵推出门去。

父亲和母亲在院子里扎着笤帚，屋子里所发生的事情他们并不知道，更不清楚柳大宝为何突然发火，只看到儿子粗暴得像个野兽，父亲上前拦住柳大宝，母亲护住云朵。云朵哭哭啼啼地捂着脸跑出院子，不知是为自己没能挽回爱情而伤心，还是为自己曾经的过错而懊悔，抑或是悲泣灰暗不堪渺茫的命运。

云朵走后，柳家却发生一场“大战”。父亲和母亲希望柳大宝退让一步接受云朵，他们嘴上劝柳大宝看远点，实际上确实心疼李寨人吃掉自家多年积蓄。一个不要彩礼的媳妇即便以前犯过错误，只要改正就回头是岸。柳大宝何尝不知父母的心思？但他性格执拗，越是强逼越要对抗到底。事情闹到无法挽回的地步，父亲拿着擀面杖对着柳大宝的后背一下一下用力地抽打，柳大宝跪在地上始终一声不吭，一片又一片青色、紫色的云在柳大宝后背上浮现。母亲最终忍不住了，流着眼泪紧紧抱住了父亲的双臂。钱白花了让人心疼，儿子是自己的，不能因为这点钱而要了儿子的命。钱没了可以再挣，人要是打傻了、打残了，那可要抱憾终身啊！父亲慢慢清醒过来，本来只是语言激烈的争锋，但柳大宝屡屡针锋相对，嘴犟得像头驴，才惹得父亲“痛下狠手”。

这件事成为柳家埋藏在时间深处的一道伤疤，多年后父亲谈起这段经历时还忍不住说道：“那时，我真是心疼钱啊，心里老是转不过弯来。得罪裴书记我都没有那么在乎过，李寨的这个损招，差点给柳家酿成一场大祸啊！”

云朵再也没有上门，柳大宝的心情慢慢地恢复好转起来。肉体上的伤容易康复,心灵的痛却要一生才能治愈。这段短暂的爱情给他增加无限甜蜜,也给他带来深深的痛苦,甚至还有永远的遗憾。面对一位差点携手走进婚姻殿堂的女人,也是柳大宝第一次真正的初恋,真不知道柳大宝如今是否已经完全做到云淡风轻。

云朵及其家人给柳家捅了个窟窿,家底都顺着这个窟窿漏了出去。更为重要的是生意刚刚有点起色,眼看可以做大做强,正需要资金周转,现在却忽然负了债,一时半会儿很难盘活自己的生意。商品经济让每个人的头脑开始灵活起来,同行一下子增多,竞争力空前巨大。面对瞬息万变的市场经济,一招不慎,将会使自己的生意跌入万劫不复的万丈深渊。这就是父亲说的大祸,在当时不啻是一场灭顶之灾。

困难面前,柳家急需一根救命的稻草。这根救命稻草不久就匆匆来了。

泉水乡自古以来水系发达,交通便利,便利的漕运使沿河形成许多小集镇,云集着周边多个县的行商。而在泉水乡最为火爆的集镇莫过于胡湾。胡湾主要以胡姓为主,人丁兴旺,逐渐形成胡小湾和胡大湾两个村庄,这两个村庄首尾相连在一起共有八个生产队,总计四千余人。四千余人的村子,在整个泉水乡是首屈一指的大村。村里首富是杀猪宰羊的胡屠户。

胡屠户每天都要杀掉上百头猪羊,才能供泉水乡所有人吃上肉。

胡屠户五十岁上下，膀大腰圆，满脸横肉，衣服上闪着油光，村里的狗见到他都要夹起尾巴倒着走。他有五个孩子，家里不缺钱，再多也能养得起。前面四个孩子都已成家，其中两个儿子继承了他的衣钵，不仅干起杀猪宰羊的营生，还盖了一座三千平方米的冷库，方圆几十里的屠户都源源不断地把猪肉送来。这冷库储存的肉，直接送往漯河市双汇企业。最令胡屠户担心的是小女儿。他获悉柳家的窘境后，随即放出话来，只要柳大宝娶了他的女儿，就陪送十万块的嫁妆。胡屠户的女儿到底何许人也？胡屠户为何敢放此豪言？胡屠户的小女儿名叫胡灵灵，名字听起来悦耳动听，可长相却一点都不水灵，手胖腿粗、脸大无颈，走起路来活像一个碾盘，所到之处地动山摇，就连生命力旺盛的青草，只要被她踩上一脚，一辈子都别想再直起腰杆。

柳大宝自然熟悉胡灵灵，她最大的缺点就是太胖了，她的这种胖还不是别人常见的那种胖，别人的胖是肉多可爱，胡灵灵不但不可爱，反而一脸肉，满脸严肃。既然媒人来了，那又有什么办法呢？谁让自己命苦与爱情无缘呢？柳大宝心想，胡灵灵是营养过剩，只要减肥成功，应该还是拿得出手的。他硬着头皮与胡灵灵见面了。胡灵灵一进自家院子，柳大宝就顿感一阵头晕目眩。院子这么大，她一进来，好像整个院子都被塞满了，她每挪动一步，房上的屋瓦都要哎哟一声，柳大宝甚至担心院墙被撑破。胡灵灵气喘吁吁，当她的脚迈上走廊准备进屋时，柳大宝仿佛看见阳光都被胡灵灵挤了出去，房间瞬间暗下来。

但他还是自我安慰道:“白白胖胖,充满希望。”

胡灵灵费力地睁开眯起的眼睛,厚厚的眼皮下,一颗比绿豆还小的眼球滚来滚去。她圆鼓鼓的下巴像充了水的气球,跟着来回颤动,直到看见人群中的柳大宝,才稍微停止颤动。其实,柳大宝早就站在院子里,胡灵灵刚从他身边走过,只是她落座后才发现。

看到柳大宝,胡灵灵开心地咧嘴一笑,小小的堂屋似乎被她的微笑硬生生撕开一道口子,就连桌子板凳及墙上的字画也好像“哗啦啦”地都顺着这道口子溜了出去。柳大宝与她距离较近,看到她的大脑袋,以及她余韵悠长的微笑,由于每笑一下都很费力,她的嘴巴尚未完全合上,柳大宝看到其牙齿竟然黑黢黢的,像是砚台上阴干的墨,这难道就是人们常说的“猪食牙”?柳大宝顿觉胃里翻江倒海,一股热流从喉咙里喷涌而出,他“哇”的一声吐出一口苦水。生活本来够苦了,十分注重仪表的柳大宝竟然当众呕吐。他努力克制自己真实的想法,却完全不受控制,还是以苦水的形式从嘴里喷了出来。

不用猜,这次相亲又黄了。对于柳家来说,没有谁为痛失十万元的嫁妆而感到惋惜。求人不如求己,柳大宝决定离开泉水乡到嘉玉城闯一闯。因为一个同行告诉他,嘉玉城市场繁华,经济发展势头强劲,周围山清水秀,整个皖北的兔毛被收购以后,最终都流向那里。兔毛到嘉玉市之后会被纺成丝线,卷成毛纱,甚至织成价格昂贵的皮草。嘉玉城离杭州不远,泉水乡无人知道那里到底盛产什么。这么多年来，泉水乡很少有人到那里创业。柳大宝这个决定，令父亲和母亲十分不安，坚决不同意，他们宁愿不要生意，守着一亩三分地也不让儿子出去。

这并不是因为泉水乡的人愚昧胆小，而是人与生俱来对未知世界往往有所恐惧，大城市的一些传闻从来都不是正面的，所以他们世世代代都坚守着这片土地，宁愿在这里累死穷死饿死，也不愿意去探索未知的世界。以前，柳叶村一个不听话的青年姑娘，听说在城里做保姆能挣钱，结果在外面遇到一个骗色的家伙，未婚先孕，父亲多次去城里寻找，姑娘却像犟驴一样固执，拉也拉不回。

柳大宝执意要去，父母也拦不住。为此，他低价卖掉那辆爱不释手的摩托车，凑足了路费，踏上前往嘉玉市的旅程。父母一路相送，走过一个村又一个村，一路上泪水涟涟，最终还是止住脚步，望着柳大宝的背影消失在乡路尽头，呆立良久，直到天黑才返回家中。

柳大宝一路上省吃俭用，舟车劳顿，历经三天才到嘉玉市。当时暮色降临，城市华灯初上，柳大宝感到满大街流光溢彩，不禁有些眩晕，不知何去何从。柳大宝在街上漫无目的地来回溜达，竟也不知道如何住宿，最后他来到一个馄饨摊前，浓郁的香味让他迈不开脚步，他的确饿了，于是在一个僻静的角落坐了下来。

老板是地地道道的嘉玉人，用他带着当地口音的普通话问："你吃大碗还是小碗？"柳大宝不敢问价，又怕价钱太高，就说："小碗吧。"

老板说道:“小碗十个,大碗十五个。”

柳大宝默不作声,静静地等待老板将小碗馄饨端了上来。汤是鸡汤,柳大宝一闻就知道,碗里放着葱花和虾仁,馄饨的香味钻进鼻子,他再也忍不住,狼吞虎咽地吃了起来。饭后,他感到身上有了些力气,那种在泉水乡的自信慢慢地找回来了。

他仰脸问老板:“小碗多少钱?”老板头也不抬,说道:“一毛钱一个。”柳大宝寻思,城里的东西就是贵,知道价钱心里好有底,以免被宰。他还没吃饱,就跟老板说:“再给我来一大碗吧!”

老板笑了:“再来一大碗吃得完吗?你已经吃过十个了。”

柳大宝摸了摸肚皮,这点馄饨才到哪啊,于是点了点头说:“是的,一大碗估计都不够。”在他的意识里,泉水乡五毛钱一大碗的馄饨分量可比这多几倍,况且南方的馄饨小得简直像樱桃。很快一大碗馄饨端了上来,柳大宝三下五除二又吃完了,但依旧觉得没吃饱。这时候他又要了一大碗。老板惊讶地说:“再来一碗可就四十个了?”

对此,柳大宝对南方人有了新的看法,他们的饭量也太小了,自己在老家干农活一顿能吃四大海碗面条,这几个馄饨刚好塞牙缝。当新一碗馄饨端上来时,旁边竟然聚集了几个嘉玉人,他们都想看一看这个饭量大得出奇的客人,大家无不啧啧称奇:“这可是个大胃王!”听到人们的称赞,柳大宝摸摸口袋盘算着,自己的盘缠足够,吃点馄饨没问题,有了力气才好做事。他霸气地说道:“再来两大碗!”

老板以为听错了，自己卖了三十多年的馄饨，从来没遇到吃过二十个以上的，这人再来两大碗，岂不是要吃掉七十个？周围的人更加震惊了，纷纷停下筷子，上下打量着眼前这个高大的怪人。这时候老板开始怀疑柳大宝，看他不像有钱的样子，怀疑他要吃霸王餐，就问："你带的钱够吗？常有付不起账的来这里猛吃……"

柳大宝不耐烦了，霸气地甩出一张五十的票子，心说，让你们这些井底之蛙看看柳爷爷的饭量，这样想着他忍不住笑了起来。老板看到钱，一颗悬着的心就此放了下来，老板的女儿在内堂听说奇闻，也跑出来观看。很快两大碗馄饨再次端上来了。谁也不相信他很快就能吃完。

周围的人无不惊讶地问："你还能再吃吗？"柳大宝顿时豪气陡生，从来没有想到吃个馄饨竟然成了"主角"，简直不敢想象。他对这里的人也好奇起来，是不是闲着没事干？这时候有人叫道："再吃一碗，我给你打赏十块。"这叫声得到众人纷纷响应，高叫着要打赏。柳大宝乐了，这叫什么事啊？看别人吃饭还给钱，是不是脑筋有问题？很快他的桌子上堆了一大堆钞票。店老板随声应和道："如果你再吃一小碗，今天的饭钱免了。"

柳大宝越来越疑惑，这里的人不按常理出牌，他对"城里人"的畏惧一下子消失了。这时候，老板将一小碗馄饨端了上来。柳大宝挠挠头，感到不好意思，这到底咋回事啊？转念一想，管他呢，我就给他们表演一个“囫囵吞枣”，尝尝馄饨不太烫了，他一仰脖子直接倒进嘴里，一小碗馄饨竟被他“喝”进肚子。

从那天开始，北方大个儿猛吃馄饨的消息迅速传遍嘉玉城，许多人都想一睹“芳容”。而他竟然靠着一顿吃八十个馄饨成为人人崇拜的偶像，他却不知道多年后有个职业叫“吃播”，这样说来，他算是吃播行业的鼻祖了。他靠着一张能说会道的嘴和两条又长又快的腿，很快熟悉了嘉玉城的毛纱行情，如愿结交一批毛纱行业的企业家。听说柳大宝是个收兔毛的行家，他们竟然给他高出家乡数倍的价格，甚至慷慨支出预付款，让他将兔毛速速运来。

事情发展得非常顺利，他也彻底翻了身，从泉水乡出产的兔毛经过层层中间商，在嘉玉城竟然能够卖到他预想不到的价钱。爱情的伤痛渐渐被大把大把花花绿绿的钞票治愈，柳大宝又变得活泼开朗起来。他想，看来城市并不像传说中的那样会咬人，只要意志坚定就没问题。半年后，他决定返乡创办兔毛购销公司。

这次回乡，柳大宝像换了个人似的，他的眼界与见识已经高出家乡同行数倍。方圆百里所有的兔毛都朝他的公司聚集，泉水乡人都对他高看一眼，纷纷喊他“柳老板”，他腰间别个“大哥大”，村民们都传说他是“柳百万”。

经济宽裕，柳家一时之间让媒人踏破门槛，角色的转变让“柳百万”一时难以适应。更重要的是，柳叶村一时之间访客众多，挤满了大姑娘、小媳妇，就连一些小寡妇都来凑热闹，谁都知道这是“柳百万”带来的效应。因此泉水乡柳叶村成了当时青年男女相亲聚会的地方，直到今天，青年男女到了谈婚论嫁的年龄都知道要到柳叶村去逛逛，至于为何形成这样的“传统”，年轻一点的人已经不知是何原因了。

柳大宝自从成了“柳百万”，仿佛觉得自己是百万身价，走起路来腰杆挺直许多，家里很快翻新了两层楼房，还拉起围墙，大门两侧琉璃瓦做成福字对联闪着金光，谁从门前路过都赞叹不已。

不久，柳大宝成了乡长家的贵客。接触层次的改变，让他看到乡里干部与村干部就是不一样。之前，村书记在他眼里总是高高在上的，可跟乡长一比立马就相形见绌。乡长有文化气质，说话温和含蓄，有板有眼，总是那么令人舒服。

一天，乡长把柳大宝喊到家中，问起他的个人问题。他听到柳大宝还是单身时，就对柳大宝说：“我女儿高中毕业，不爱出门，你就当作妹妹一样，平时带她四处转转，了解一下乡里民俗。”柳大宝此时还没明白，乡长就不动声色地直接给他“塞来”一个“妹妹”，既巧妙又不失身份。

慢慢地，柳大宝明白了其中的弯弯绕绕，乡长的女儿叫施小萍，长相漂亮，温柔大方，而且有文化，还能帮助柳大宝出谋划策，遇到生活上的困惑还能“指点一二”，看来是泉水乡配得上柳大宝的最佳人选了。

知道当初云朵给他做了一双鞋，柳大宝穿着这双鞋“跑了”，感到不吉利，施小萍就用她那从来不做家务活，拿笔杆子的手熬了几个通宵，给柳大宝织了一件毛衣，让柳大宝穿着暖洋洋的，但他心里总觉得不够踏实。

施小萍的心意柳大宝自然明白，她是乡长的女儿，学历比自己高，在她面前，柳大宝总是语无伦次、前言不搭后语。他还不太清楚自己的内心，只是觉得在泉水乡再也找不到比她更为优秀的女孩，施小萍在很多方面都比自己有见识和眼光。然而就在他们准备定亲时，一场小雨却改变了柳大宝的命运。

那天，天空下起淅淅沥沥的小雨，乡路泥泞不堪，泉河大坝泥土松软，多处出现空洞，随时都有坍塌的可能。柳大宝去给施小萍送伞接她来家吃饭，忽然，眼皮怦怦乱跳，让他预感将有大事发生。路过泉河大坝，很多泥块纷纷脱落主体，朝河床滚去。柳大宝望着这些不断坍塌的大堤，想到自己的爱情应该打好根基，绝不能造成“水土流失”。

他急匆匆奔进施小萍家，与迎面过来的女孩撞个满怀，定睛一看，女孩头发湿漉漉的，紧紧地贴在额头，雨水将她的脸洗得清新可人。女孩一定是被撞疼了，皱起眉头，活脱脱一个“病西施”。柳大宝的魂不知飞到哪里去了，只觉得自己掉进了一个深不见底的旋涡，他的呼吸、心跳仿佛在这一瞬间都静止了。女孩一副楚楚动人、望之犹怜的样子，让人忍不住产生保护的冲动。而这个女孩确实身体不好，经常胃痛，每次疼起来都会忍不住蹙眉，在她眉角形成了深刻的“美人蹙”。

这是大舅柳大宝第一次见到舅妈施小真的场景，也就在那一瞬间，柳大宝彻底沦陷了，陷入了无可救药的相思。施小真和施小萍是邻居，也是最好的闺密，她是来给施小萍送做鞋的“花样子”的，没想到缘分使然，两人的命运就此发生了变化，他们相识了。

施小萍听见动静，急忙从屋里跑出来，当她看到柳大宝痴痴地盯着施小真时，笑容一下子僵住了，心想“坏了”，柳大宝看施小真的眼神自己从来没有看到过，千防万防，怎么就没有想到还有这个巨大的纰漏。她狠狠地剜了一眼施小真。施小真感受到一股敌意，慌里慌张地走出院子。

尽管如此，施小萍并不打算放过施小真，她知道自己喜欢的男人“变心”了，他的心已经随着施小真的落荒而逃，彻底从自己身上离开了。女人的心是很敏感的。她看到了柳大宝难以掩饰的表情，那躲闪的眼神里分明藏满了愧疚和怜爱，不由得对施小真又嫉又恨，早不来晚不来，偏偏这个时候来。

柳大宝回去以后害了一场相思病，走路的时候，吃饭的时候，睡觉的时候，脑海里总是浮现同一个身影，尤其是她皱着眉头、咬着嘴唇的那一瞬，一次次地撞击他的心扉。他知道自己完了，不是变成梁山伯，就是变成贾宝玉，一个也会害相思病的柔弱公子。他从来没想过自己会完全坠入一条若隐若现的爱河，而且是那样不可救药。

施小萍再约自己，他不想去见，他知道自己对施小萍的情感不是爱，是哥哥对妹妹的情感，自己经常和施小萍出双入对，虽然是以“兄妹”相称，但谁都知道施小萍即将成为他的妻子，整个泉水乡的人谁都不会原谅他，施小萍被“抛弃”还怎么见人？乡长的面子又往哪搁？

爱情的力量是伟大的，爱情也是最迷人的，古往今来有多少爱情被歌颂，往往都是因为它能够冲破世俗的藩篱，以勇敢、无畏的姿态呈现出爱情最为动人的一面。他决定找施小萍摊牌。施小萍并没有像想象中骂他“陈世美”忘恩负义，而是将所有的过错都归结到施小真的“勾引”上。也许这就是那个年代女人的通病，每当有能耐的丈夫出轨时，她们不是去和他对质，给犯错的男人响亮的耳光，而总是想方设法去对付“第三者”，仿佛只要打跑了“狐狸精”，就能够挽救自己的婚姻。女人何苦为难女人？

即便是有文化的施小萍也无法突破时代的局限性，她将矛头直接对准施小真，将她如何“犯贱”的事迹四处兜售，造成所有人都知道的施小真的卑劣行径，这无异于绝了施小真所有的生路，今后施小真将难以在泉水乡立足。施小萍的这个策略是最为愚蠢的，她聪明一世，却丝毫不懂男人，这只会令柳大宝心生厌恶，但凡她表现出一丝善解人意，或者学会用眼泪做武器，都能让柳大宝好好思考一下，可她偏偏将矛头指向弱小的一方。她并不知道施小真打动柳大宝的地方就是“让人充满保护欲”，而施小萍的行为恰恰加强了这种保护欲。每个男人都希望自己是山，为女人遮风挡雨，没有一个男人愿意在女人的强势下，过着仰人鼻息的生活，尤其是泉水乡非常优秀的男人柳大宝。

施小萍在柳大宝这里断送了自己的未来，她拙劣的表演让施小真闭门不出，甚至在柳大宝和施小萍分手闹得沸沸扬扬全乡皆知时，依然缩在家中。柳大宝心智成熟了，也有了对抗命运的资本，却对抗不了施小真。施小真对他可是十分硬气，无论他如何上门，施小真都对他不理不睬，心里藏着一股子怨气呢。你们闹分手，干吗把我牵扯进去？况且，全乡都知道我是“狐狸精”，如果跟你在一起，岂不是坐实了流言蜚语吗？

柳大宝一次又一次去找施小真，瘦了一大圈，眼窝深深地陷了下去，家里人非常着急。最后母亲出面，亲自去了施小真家，与其母进行了一次长谈。临走的时候，母亲才对施小真说：“即便你拒绝大宝，依你现在的名声，还有其他选择吗？”施小真听罢，心里微微一动，这个道理她却从来没有想到。母亲见她眼泪掉了下来，补充一句：“你喜欢他吗？”施小真再也忍不住了，哇哇大哭起来。曾经她也手挽手陪着闺密去过柳叶村啊，只为一睹“柳百万”的风采，那时，她只是好奇，当看到英俊高大的柳大宝时，心里似有一汪清泉，被风吹得微微漾动。

就这样，柳大宝和施小真有情人终成眷属。唯一遗憾的是，施小真和施小萍这对要好的闺密成了一辈子的仇人，如今两人各自的子女都到了成家的年龄，仍旧解不开这个疙瘩。在爱情的道路上，她们将成为永世的陌路人，或许对于任何一方来说，这都是最正确的选择。

许多年过去了，柳大宝的一双儿女——柳清晨和柳小树，成为我的表妹和表弟。柳清晨因为早恋过早退学，所幸她与早恋对象喜结连理、举案齐眉、不离不弃，与她的先生都有着自己的事业，孩子已经上二年级了。表弟柳小树身材伟岸、相貌英俊、头脑灵活、年轻多金，正值少壮风流的年纪，经历过这个蠢蠢欲动的年龄段自然会迅速成长成熟起来。在听到父亲这一段段艰难的爱情故事之后，柳小树若有所思，陷入了深深的沉默。我想，他一定有所收获和感悟，最终会在明白爱情的时候，一把抓住那位从眼前走过，值得牵手一生的对象。

后记　重走“长征”路

多年来，我大都是以诗人的形象出现在公众视野，很少有人知道我写小说先于诗歌创作。2006年之前，我曾写过一部不太成熟的小说，文中的故事和人物大都是天马行空想象出来的，几乎没有什么生活根基，但给我带来了无穷无尽的快乐。

小时候，我喜欢阅读课外书，常常会被一本小小的《故事会》迷恋得三魂出窍、茶饭不思。好在爸爸是一位热爱写作的乡村教师，对我的反常行为并不责怪，反而给我买来一本又一本好看的儿童读物。爸爸在离城偏远、文化贫瘠落后的乡村教书，一直被村民们尊称为“先生”。那时，我并不知道其中的含义，只是觉得“先生”无比神圣。爸爸的书桌架上放有两排大大小小的书，在外人看来似乎没有什么用处，但实则有大用，一直伴随我成长，承载着我对未来美好的期望。

每当晚霞燃烧的傍晚，下午放学回家后，爸爸便来到自家平房上，一遍遍朗诵着优美的诗文，他那别样的声音不断冲击着乡村的鸡鸣狗叫。我和妹妹在一旁玩耍，竟然不知不觉跟着爸爸朗诵的节拍背诵起来。诗人秦士元的《荠菜花》，爸爸这样朗诵道：“淡黄的小花，撒满梦的夜空。”妹妹不等爸爸读下句，立马接着背诵道：“醒来了，唇边还留着童年的酸辛。”她的话音刚落，我很快接了上去：“是那初春，一个提竹篮的孩子在河边逡巡，忧郁的眼睛望尽难熬的黄昏。”就这样，我们爷儿仨你一言我一语地接龙背诵，最后一句，我们一齐高声背诵道：“啊！家乡的荠菜花，开得多么诱人！”伴随着我们的背诵，西天的晚霞变幻多姿热烈地燃烧着，一会儿从一个毛茸茸的“小奶狗”变成一头威武雄壮的“金狮子”，一会儿又变成一条条长长的彩带。啊，晚霞多么美丽！傍晚多么迷人！一股暖流瞬息涌遍全身。然而此前，父亲并没有教我们读过这首诗，我和妹妹也从来没有看过这首诗，只是从父亲一遍又一遍陶醉地朗诵中，无意间记忆成诵。

有一年春节期间，我与妹妹到邻村堂姐家“回拜年”，在她家中，我看到一本厚厚的、略有残破的《中国儿童智慧故事大全》，随手翻阅一下，立马被书中少年时代的项橐、张居正、包拯等古代名人故事所征服。当然，书中也有孔子、袁天罡等历史人物被儿童所刁难戏耍的叙述。从早上八九点，我坐在她家竹椅上深深陷入书本上的内容之中，一直读到天黑仍不忍离去。由于读书时间太长，脑袋有点酸胀，眼看快要到做晚饭的时间，堂姐才催促我抓紧时间回家，以免被爸妈惦记。我家与堂姐的村庄不足一华里，出村就能看见我家的房子，堂姐把我们送到村外简单叮嘱几句，我和妹妹就恋恋不舍地回家了。一路上，夜色昏暗，狭窄弯曲的小路两旁堆着几座坟茔，但我并不觉得恐惧害怕，脑海中仍浮现着书中那些人物形象，只觉得眼前一片通亮。就这样，年仅五岁的我拉着妹妹深一脚浅一脚往家走，平生第一次感受到乡村夜晚的静谧与祥和。

我长期生活过的村子民风淳朴，村民善良、厚道，说话办事都喜欢直来直去，从来不耍心眼子。谁家有事，大家一齐上前帮忙。当地的社会治安状况良好，即便走夜路也感到非常安全。总之，我对家乡的一草一木都有着别样的感情。在这部小说集里，《可怜我家一头牛》是一个完全真实的故事。我家的母牛刚生产完就死了，只剩下乳臭未干的小牛犊，妈妈给它取名“可怜”，它是我童年最忠诚的伙伴，也是我们村唯一一头有名字的牛。我经常骑着它在村里村外到处游荡，令村里孩子们煞是羡慕。这头小牛极通人性，我说什么话它好像都能听懂。也许它从它的视角里把自己当成一个人，从来不屈服于可怜的命运。

我的小学和初中生活大都是在当地文武学校度过的。我每天晨练武术一个多小时，午休时习武一个小时，下午放学后上一个小时的武术课，晚饭后另加一个小时的武术基本功训练。几年的刻苦训练，不仅强健了体魄，也锻炼了我坚强的意志。所以，每当遇到困难和挫折时，我总是勇敢面对，无所畏惧。在此期间，教我武术的教练有七八位，其他的都是匆匆过客，只有第一位教练卢金凤和第二位教练孙天华教我习武的时间长些,给我留下极为深刻的印象。我以他们为生活原型写了两篇小说,有些故事真实发生过,有些情节纯属虚构。好多年过去了,我很想念他们,但那时候我年龄很小,也没有留下任何联系方式,所以至今我们仍处于失联状态。我多么希望有朝一日,他们能够读到我出版的书,知道有个学生不但武术练得好,而且还会写小说。正是他们让我坚定地走出乡村,走向更加广阔的天地。当我重新整理这些在报刊上发表过的旧作准备结集出版时,我感到生命似乎重来了一次,每一幕都是那样熟悉。像书中的《一只天鹅》《随风而逝》《羊坟》等故事,都有一定的生活原型,其真实度在一半以上。像《随风而逝》中堂伯们的故事,经过加工提炼,将乡村复杂的家务事演绎一番,在杂志上发表后,我读给他们听,因为能够入书,长辈们也不怪罪我在文中的"冒犯",反而感到非常荣幸,大加赞赏。因为我是他们看着长大的,他们对我有足够的包容。《羊坟》是村民们耳熟能详的故事,十里八乡的人都有所耳闻,曾有多种版本,真实的生活与书中的故事又有所不同。我在小说里添加了一些爱情元素,经过重新构思,为它塑造一个全新的面貌。《父与子》中的主人公属于乡村的另类,大家都在下田种地的时候,他却正在骡马交易市场奔忙,做起了"牛经纪"。在村民眼里,他不能算是真正的农民。小说中,他为了给儿子筹备相亲彩礼,无所不用其极,想方设法讨价还价,常常被众人称作"奸商"。他身上却有着许多闪光点,不仅懂得生态保护,经常慷慨解囊修桥铺路,而且见义勇为，简直就是一个矛盾体。他们父子代表着乡村两代人的生活，儿子对父亲的尖酸刻薄、唯利是图嗤之以鼻，甚至感到羞耻，然而最终因为一次意外的“英雄壮举”而接纳父亲。

经过与编辑多次沟通，我去除几篇校园小说，保留了《那朵红玫瑰》《叛逆的遗憾》《疯狂诵读》《小江的官亲戚》等。我觉得前面两篇和后面两篇不能算是一类。《小江的官亲戚》虽然背景发生在校园，但我觉得它应该属于社会小说，一个因为虚荣撒了谎的人，为了圆谎进行一些拙劣的表演，社会上这样的人有很多。北漂十年，我也曾遇到过这样一些人。大学期间，我对“小江”们进行细心的观察与思考，撕破了他们愚蠢可笑的遮羞布。

在北京生活十年来，我遇到过许多稀奇古怪的事情，也遇到社会上形形色色的人。有时候，我想写一本《骗子列传》，将自己遇到的一百二十位骗子全部写成小说，这个硕大的工程一时很难完成。因为我无论是在做记者、做传媒，还是编刊物，都需要花费大量时间，何况一个人的精力实在有限。另外，我担心自己殚精竭虑创作出来的小说不能发表，只好作罢。2013 年，初到北京时，我计划写一部《地下室里的联合国》，将北京一个时代某个领域的缩影记录下来。为此，我经常携带名片在各个沙龙上交换，遇到一位位“大神”，有人名片上赫然印着“联合国”字样，令人肃然起敬。在一次会友中，在朋友家阴暗潮湿的地下室，我遇见了居住于此的“联合国官员”，方才明白境外很多民间机构注册容易,这些名头唬人的机构颇能忽悠一些人。如今,随着对“非法组织”的全面治理,北京城市的空气一天比一天纯净,“忽悠”们已无处遁迹,那些“地下室王国”早已成为历史,不知道再写是否还有意义。尽管这个宏大的写作计划没有实施,但我还是写下了几篇自我感觉良好、有点意思的小说,如《城市深处的鱼》,一个把自己当作鱼而喜欢生活在水缸里的企业家,听起来很魔幻。有时候我在外面讲述这个故事时,朋友们大都被带入情节,他们拿出手机在媒体上检索,挖空心思想找到这个企业家原型,却是竹篮打水一场空。毕竟,小说终归是小说,没必要去较真。

这些年我以诗歌写作为主,许多新诗被人们所熟知,尽管我一直在摸索着前进,尝试过多种风格与流派,但依然是个写诗的小学生。诗歌创作给我的生活带来了无限的诗意,让我在北京生活得不那么枯燥。但我始终难以放下的还是小说,如今我的时间有所宽松,也有足够的精力整理在北京所经历的事情。我相信这次回归小说创作,能让我在新的“长征”中,有一个大的突破,让朋友们对我有个全新的认识。我一定会乐此不疲地朝着既定的目标和方向,加劲划桨。

在此,衷心感谢安徽文艺出版社对我作品的认可。同时,非常感谢认真负责的编辑们,对我的作品提出了一个个中肯的修改意见,最终让我早期创作的这些小说得以面世,不至于长久地埋没。这部小说是我文学创作生涯中的一个重要里程碑,也是我文学腾飞的开始。在出发很久之后的回归中，我会用一腔挚诚，为喜爱我的读者们带来更加丰富和独特的生命表达。

编后记　荆棘丛生之路绽放绚烂的花朵

——读王长征《那朵红玫瑰》

周丽

新生代作家小说精选大系中的《那朵红玫瑰》历时一年有余终于问世了。这是青年作家王长征的首部中短篇小说集。

“新生代作家小说精选大系”是一套汇集新生代作家的精选作品集。新生代作家以80后、90后新锐作家为主力军，读他们的作品，读者能深切感受到中国当代文学的新动向和发展前景，同时也可以窥见青年作家为文坛带来的新力量和新气象，以及他们在文学创作中做出怎样的创新与探索。该精选系列发起于2014年，由安徽文艺出版社出版，相继出版了马小淘、郑小驴、甫跃辉等多位作家的原创小说集。这些作品主要面向广大青少年乃至文学爱好者，呈现出新生代作家群体朝气蓬勃、昂扬向上的时代精神风貌，同时反映了中国当代文学生机勃发、多姿多彩的喜人景象。十年来，这套书不断增补品种，推出一批新生代颇具潜力优秀作家的作品，其影响力越来越大，越来越广泛而深远。这些作品不仅具有较高的文学价值，也为文学界注入了新鲜血液。

我与王长征相识于一次文学活动，当时他是以诗人的身份应邀参加的，其诗充分展现了他超凡脱俗的横溢才华和对美好生活的无比热爱。多次接触之后，方才了解他的文学创作始于小说，十二三岁便开始创作剧本和小说。在几次集体交流座谈中，大家都发现一个特殊现象：王长征善于讲故事，据说"每个故事都是真实的"。他讲故事节奏感强，常常讲到精彩之处暂停下来，或喝杯水，或挠挠头，或打哈欠，一时急得听众抓耳挠腮，而故事的进展总出乎众人意料，怀疑现实中岂能有这样的事情。他的一张嘴巴就能把桌前一大帮文人搞得全都停下一切，竖起耳朵倾听。他不仅会讲故事，而且还能提笔创作一篇篇小说。求学期间，王长征已在十几家省级报刊上发表中短篇小说，北漂以后向诗歌转型，2015 年的过渡期间，还在《百花园》连发三篇小说，其中《钉子生》获该刊年度作品提名奖。《百花园》是一家影响几代人的全国性刊物，所发小小说质量很高，其奖项含金量自然不在话下。读王长征的小说总能让人情不自禁产生无限的联想与想象，他小时候生活的那片土壤到底是怎样的色彩，其小说展现出一位位人物丰富细腻的情感和对理想大胆的追求。于是，我提议将这些小说结集出版。在我的约稿下，王长征开始整理起自己的小说，经过几次商议，决定先出中短篇小说。这部书稿经过多次修改，删除几篇又补充新的篇章，与最初样貌有了很大变化，所以对两位老师的序言产生一些困扰。

这部小说集经过一年多的反复打磨终于和大家见面了。

这部小说集收录了《大舅的爱情》《随风而逝》《流星，从夜空划过》《远方的消息》等篇章。王长征儿时生活在乡村，他在小说中细致描写了乡村生活的点点滴滴，叙述了乡村平凡简单的人和事。如《那朵红玫瑰》《叛逆的遗憾》《可怜我家一头牛》《父与子》等。其中《那朵红玫瑰》《叛逆的遗憾》描述了“我”从小被送进文武学校学习武术，与卢教练、孙教练以及同学们之间发生的一系列故事，由于“我”热爱看书、勤奋好学，所以卢教练对“我”特别关心厚爱，但某种原因导致一学期不到，卢教练和孙教练相继离开学校。小说通过生活场景、人物对话和心理描写，表达了同学以及师生之间深厚难忘的情谊，岁月流逝，至今依旧温暖如初。这部小说集封面是一幅水彩画：金黄的麦田在阳光下熠熠生辉，远处石头堆砌的古老房屋倾诉着岁月沧桑，一个男孩望着老师远去的背影若有所思，这正是师生情谊的鲜明体现。

著名作家老藤曾说：“乡村是一个人的精神摇篮，每一位走出乡村的人，理应不忘乡村、善待乡村、敬畏乡村，乡村的来处也是灵魂的归宿。”乡村祥和而宁静，人与自然和谐。王长征所取乡村题材的小说均留下他美好的记忆和泥土、庄稼等熟悉的味道，有着他向往的生活方式。《可怜我家一头牛》这篇小说，王长征本来准备以后编入散文集，我读后实在爱不释手，后来又接触几次，我越来越感受到乡村拥有名字的牛多么神奇啊！而且这头牛极通人性，与作者小时候亲密无间，发生许多有趣的故事,但最终因家庭贫困,不得已将“可怜”这头从小养大的牛卖了。与牛相处的日子是岁月留下珍贵的印记,也是心中永不褪色的美好,“我”极舍不得与牛分开。后来我相信这个故事的真实性。王长征在讲述自己的童年时,眼神里透露出无比真诚与深情,这是没法作伪的。他的童年虽然物质匮乏,精神却是充实而快乐的,简直像生活在童话里一般。不但他家的牛有名字,就连猪都可以叫“皮皮”,鸭子叫“奇奇”,羊叫“李咩咩”,猫叫“伊万”,狗叫“小泉一郎”……我认为《可怜我家一头牛》是整部书中最为温馨动人的一篇。

这部小说集不仅描述乡村生活,还描写了都市的繁华及繁华下人们的生存状态,如《城市深处的鱼》《与爱情无关》《抹口红的男生》等篇目。从静谧乡村到繁华都市,一路走来的点滴回忆,是王长征最为宝贵的精神财富。他北漂十年吃尽苦头,也一次次享受到无限荣光。最为艰难的时候,他与一位拾荒老人挤住在一起,隆冬时节,两人只能依偎着取暖。北京是个繁华大都市,成为许多青年神往之地,他们大都有一个“北京梦”,但并不是每个人都有勇气去闯荡。《抹口红的男生》中的北漂青年阿杰生活在高耸入云、车流滚滚的大都市,拥有着令人羡慕的模特身材和演员身份,表面上光鲜亮丽、风光无限,似乎生活得风流潇洒,殊不知舞台背后隐藏着多少艰辛与酸苦,这些只有他自己知道。《城市深处的鱼》是一篇现实主义题材的小说,描写了主人公老满内心被厚重的阴霾所笼罩,沉重而压抑,他用特殊的方式释放内心无形绳索的束缚,其实这里对人性的复杂畸变进行了一些有益的探讨,那就是当一个人拥有财富和地位之后,如何才能填补精神的空虚和无聊呢?有人寻找到精神的支柱,明白生命的意义,也有人陷入欲望的陷阱,一步步走向堕落与毁灭。在小说中,“我”见证了老满的这一切,最终看他变成一条鱼,在广袤的鱼缸里穿梭自如,无拘无束,漂向横无际涯的远方。

《那朵红玫瑰》这部小说集创作于十年前,成书于十年后。一个人成长的道路漫长且曲折,只有经历风雨的洗礼,跨越一个个障碍,不断磨砺内心的坚韧与智慧,才能实现个人的成长与蜕变。王长征是位诗人,更是一位满怀诗意的小说家,也许他的作品诗意尚未全部挖掘出来,而我愿意做这个“发现者”,并希望这部书能够带给读者不一样的生命体验和更深沉的人生思考。

(周丽,安徽文艺出版社副编审。)